網路 Novel@

你在我左心房

你像發光的太陽，危險，卻耀眼。
我想一直待在你身邊，就算是多一秒也好，
這樣的渴望太強烈，在一次次不經意望見你的瞬間。
你就這麼闖進我的世界，牽動我所有快樂傷悲。
天邊晚霞的璀璨光芒，在你一揚眉、一回頭時，都成了我幸福的理由。
心裡的那個位置，只為你保留。
轉過身，我卻看見，他右心房的寂寞缺口……

Sunry@著

·推·薦·序·

用暖暖的溫柔融化初秋涼意

記得曾經跟Sunry說過，我一見到《你在我左心房》這個書名時，就覺得這一定是個很棒的故事，果不其然，不多久我真的得以拜讀這篇溫柔真摯的小說。

不同於Sunry之前所創造出來的各個女主角，我在《你在我左心房》裡的詠恩身上看見了美好的「力量」，隨著年齡而成長的力量、維繫友誼的力量、捍衛愛情的力量，以及懷念的力量。事實上，國中時代剛剛好是我最不想也不敢再觸及的記憶，大概是當時可怕的功課壓力陰影太過龐大了吧！不過，閱讀Sunry的《你在我左心房》時，依稀，彷彿有什麼甜甜的香氣在細窗格子間閃耀，只要抬起頭，便能望見抹茶色的青澀歲月用蠟筆描繪出來，那位蓄著清湯掛麵短髮的女學生，有如發黃相片中的人物，正害羞而恬靜地微笑。於是我又回憶起那個年紀的心情，急著想要長大，卻又祈禱可以永遠用一雙單純美滿的眼光看世界，歡笑與悲傷，都不該忘的，能夠想念過去，也是一種幸福，Sunry告訴了我這一點。

特別喜歡故事裡每一節後的小語，像是誰非常真誠地說著溫柔誓言，又像是誰輕輕在耳畔呢喃低語，然後，我不禁要欣羨起 Sunry 的文字，竟然可以跟她本人一樣親切真實，每一個心境的描述和文字都那麼直入心坎。因為感動，不小心為這篇小說落下了幾滴眼淚，然而值得安慰的是，我知道在這之前，Sunry 已經在這作品琢磨成形的過程中注入她難得的淚水，讀者和作者算是扯平了，最大的贏家卻是《你在我左心房》這個故事，它所釋放出來的溫度一定足夠融化現在初秋所帶來的涼意。

我第一次幫人家寫序文，一般序文似乎就應該要說盡推薦的好話，不過好聽的客套倒是還沒輪到，我已經先分享了一堆心得感想，就跟剛讀完一篇好作品的讀者一樣，興奮地想趕快跟大家交流，小心而羞澀的《遇見你》、溫馨真實的《新婚試驗所》、酸甜纏綿的《心酸的幸福》、躊躇而又勇敢的《那個夏天》，以及既執著又堅強的《你在我左心房》，每一本 Sunry 的作品，都詮釋了各種不同的愛情和人生歷程，只要闔上書，閉上眼睛，你一定會跟我一樣感動，而那感動可以持續很久，很久。

晴菜　二〇〇四年十月

我想，這輩子裡，除了我爸之外，我第一個認識的男生，應該就是邱昱軒了吧。若要說我們這樣是青梅竹馬，我好像也沒辦法反駁。

從小我們兩個人就一直這樣打打鬧鬧到大。最初是怎麼認識的，我其實一點印象也沒有，總之，從我有記憶以來，邱昱軒就一直住在我家隔壁。社區裡的小孩子本來就不多，邱昱軒是唯一一個跟我年齡相近的人，自然而然也成了我唯一的玩伴。

只是，我很不喜歡被人問起和邱昱軒的關係。

剛開始被那些好奇又半生不熟的同學詢問時，我還能平心靜氣地告訴他們，邱昱軒是我的鄰居，排除這層關係，其實我跟他一點關連也沒有。

到後來，注意到邱昱軒和我異常熟絡的人越來越多，在被認識或不認識的同學抓去問話的次數越來越頻繁後，我開始變得不耐煩。

在那個男女生關係必須畫清界線的國中時代，邱昱軒和我的友好交情，在其他同學眼中，實在是十分不合常理的。

「沒有沒有，他眞的只是我的鄰居而已。是是是，眞的一點關係都沒有。對！眞的眞的……」類似這樣的回答，每個星期都免不了來個幾回，每次我的眉毛都揪得像打死結一樣。

很多事情，我想我也許一輩子也不可能透徹明白的，就像我不明白爲什麼我的童年玩伴一上了國中之後，竟然在一夕之間變成炙手可熱的紅人，成了許多女生眼中的白馬王子。

「你知道原因嗎？」有次我在學校福利社外的走廊上遇到邱昱軒，忍不住開口問他。那天我已經被隔壁班的兩個女生纏著問一堆關於邱昱軒的問題，搞到快崩潰。

我小心翼翼地跟邱昱軒保持距離，自從上國中後，我跟他講話時都要特別小心，不能站得太近，以免引起「邱昱軒親衛隊」的暴動。

「不知道。」邱昱軒聳聳肩，一臉滿不在乎的表情，語氣中盡是無所謂的淡然，「可能是因爲我長得不像青蛙吧！」

「但你也不是王子啊！」我根本想都沒想就順口接下去，然後在被邱昱軒的手刀偷襲的同時，我聽見從我們四周傳來了些細微的驚呼聲。

我轉過頭去，看到幾個女生掩著嘴正往我們這邊看，接觸到我目光的那一刻，她們眼中的殺氣瞬間凝聚。

「邱昱軒，你不要對我動手動腳啦！我才不想死在你那些親衛隊手裡咧！」我嘟著嘴抱怨，後悔不該在學校裡跟邱昱軒交談。

「什麼叫作動手動腳？」邱昱軒笑得賊賊的，盯著我看了一秒鐘後，突然像平常跟我打鬧時那樣跳到我身後，用手臂輕輕勒住我脖子，「像這樣嗎？」

驚呼聲又傳來了，這次發出叫聲的不只是那些女生，其中還包括被邱昱軒這個舉動嚇到的我。

「邱昱軒！你發神經喔！」我怒不可遏地踢著邱昱軒的腳，完全不顧形象。

邱昱軒笑著跑掉，跑了幾步又停下來，轉頭對我說：「放學我在校門口等妳，妳陪我去買東西喔！」

「我不要！」

「就這麼說定啦！沒到的是小狗喔！」邱昱軒根本不理會我的抗議，丟下話就又轉身跑掉，留我一個人傻傻地呆在原地生氣。

這個人怎麼這樣啊？眞是個討厭鬼！

上完最後一堂課，我龜速地收著桌上五顏六色的螢光筆，不經意抬頭，卻撞見站在我們教室外走廊上的邱昱軒，他揚著充滿陽光暖意的微笑向我招手。

沒讓邱昱軒等太久，我幾乎是把桌上那些課本跟紅紅綠綠的筆「掃」進我書包裡，前後只花了幾秒鐘時間。

「你來這裡做什麼？」一跑出教室，我馬上對邱昱軒興師問罪，他還來不及回答，就被我拉著快步離開，我可不樂於見到教室裡逐漸擴大的騷動。

「怕妳偷跑，所以來堵妳啊。」邱昱軒的答案十分江湖味。

「你很過分耶！不想跟你去買東西都不行啊？」我嘟起嘴抗議。

邱昱軒只是隨意扯了一下嘴角沒說話。瞟了我一眼後，又輕輕地微笑起來。

「笑什麼啊？」我搞不懂他莫名其妙的行徑，一揮手就結實地在他手臂上賞了一拳。

「暴君！笑都不行？」邱昱軒撫著自己手臂，口氣裡卻沒有責備的意味。

「不是不行，只是你笑得太邪惡了，色狼才會這樣笑。」

邱昱軒楞了幾秒鐘，我以爲他會生氣，誰知他竟大笑出聲，饒富興味地看了我一眼，瞇起眼還是逕自笑著。

我被他的笑搞得渾身不自在，這人是怎樣？樂透中獎還是神經錯亂？

我們經過文化走廊的布告欄前，我瞥見書法比賽的得獎作品。瞄了一眼，看見邱昱軒的名字被寫在一張小小的紅紙上，名字旁邊寫著「第二名」三個字，紅紙旁是邱昱軒的書法作品。

我看看那張紅紙，又看看邱昱軒，臉上的震驚跟邱昱軒的淡然成了強烈對比。

在我印象中，不管是書法或是作文，邱昱軒從來沒拿過第一名以外的名次，即使是代表學校參加校外比賽，也總是輕而易舉就能得回第一名，我甚至覺得邱昱軒是我們縣裡同級生當中最厲害的，他的書法跟作文已經到了出神入化的境地，沒有人可以打敗他。

「怎麼啦？」看見我突然佇足在他的書法作品前，一句話也不說地盯著他看，邱昱軒的眼神一瞬間變得柔和。

「你怎麼會……」我指著那張寫著他名字跟名次的紅紙，口吃起來。

「哈！這個啊，」邱昱軒笑得無所謂，「沒什麼啊！因爲我沒寫好嘛！妳看這裡，這個字下筆太重，頭重腳輕的。然後妳看這個字，又收筆收得太快了。」邱昱軒指著他自己寫的字，用一副專家的姿態對我解說著。

這個人爲什麼可以這麼坦然面對失敗，而且還大方地向別人解釋著自己的失誤？很多我們這個年紀的孩子，都把成敗和分數看得太重，錙銖計較那一分兩分的成績。可是就算多拿到一分，人生難道就會變得更精彩一些嗎？我卻總覺得，一分一分地斤斤計較後，那些人似乎也讓自己的心胸變狹小了。

「可是我覺得你寫得很好。」我偏著頭看著那些對我來說全都很完美的毛筆字，心底還是覺得邱昱軒寫的字最好看，不像我的毛筆字總像鬼畫符。

邱昱軒聽見我這樣說，突然轉過頭來看我，然後他伸出手，輕輕地揉揉我的頭髮，眼睛笑得彎彎的，過了一會才說：「妳來看這個人寫的字。」

我順著邱昱軒的手看向他指的「第一名」的紅紙上，那個打敗邱昱軒的人，名字叫「杜靖宇」。

「妳看看他寫的字多棒，力道剛好，不會太輕也不會太重，每一筆每一個字都沒得挑剔，我輸他輸得心服口服。」邱昱軒笑著，心悅誠服的模樣，「張詠恩，我覺得這樣很好，以前都是我贏，有一段時間我差點就要驕傲起來。沒有對手會讓人變得很自大，知道有人比自己厲害，才能鞭策自己更努力，我喜歡這樣。」

下午的陽光斜斜地灑落在文化走廊的地板上，映出一塊一塊的耀眼金黃，邱昱軒的左肩也灑滿了璀璨的光芒。那一刻，我看見邱昱軒眼中跳躍著彷彿太陽般的火花，閃亮亮的很耀眼，訴說著他棋逢敵手的喜悅。

我卻站在一旁百思不得其解地蹙著眉，不能體會邱昱軒的那種喜悅，只是深深覺得站在我眼前的這個人，果然是個怪人！

▽▽妳知道狼的特性嗎？牠會為了捕捉獵物而耐心等待，即使時間再長，也不躁進。我對妳，也同樣是以著這樣的獵捕心情守著。△△

「要去買什麼?」在陪邱昱軒去買東西的路上，我不斷重覆著這個問題，但邱昱軒都只是笑笑，什麼都不肯透露，我氣得眞想掉頭走掉，要不是還有一份義氣在，我早就懶得理他了!

一切都是該死的青春期害的!再怎麼乖巧優秀的孩子，一旦進入青春期，就會開始變得古里古怪又神祕兮兮，就像邱昱軒那樣。

「邱、昱、軒!」這是我第十一次叫他的名字，我咬牙切齒地唸著，耐性已經到了極限。

「啊?」邱昱軒轉頭看我，一副我叫他做什麼的疑惑表情。

「你到底要去哪裡啦?」很好!我那所謂的少女矜持已經完全失控，優雅氣質也早就蕩然無存。

「妳很吵耶!跟著走就對了，等一下妳就知道了啦!」邱昱軒眼睛根本看也不看我。馬路對面有三個其他學校的女生，長得挺高䠷，裙子穿得又短，邱昱軒和我的視線不約而同地落在她們身上。

「右邊那個長得比較漂亮。」幾秒鐘後，我下了這個評語。對面那三個女生察覺到有人正在注意她們，轉過頭來看我們一眼後，突然同時露出羞澀的微笑。

我轉頭看了邱昱軒一眼，「又是你！」

「我怎樣？」邱昱軒莫名其妙，完全地狀況外。

「你勾引良家婦女。」

「哪有？」

「有！你看對面那三個女生，被你迷得昏頭轉向，你這個豬八精！」

「什麼是豬八精？」邱昱軒丈二金剛摸不著頭緒。

「只要是會勾引人，讓人心神錯亂的，女的就叫狐狸精，你是男的，」我看著他，又哼了一聲，「當然叫豬八精！」

「爲什麼我是豬八精？」

「你隨時隨地都在勾引那些純情少女，不是豬八精是什麼？哼！不安分的傢伙！」我越說越起勁，早就該好好教訓這個害我糊裡糊塗被學校女生仇視的人了，饒他不死已經是對他最大的恩典，今天趁機損他還算小 case 呢！

「我又沒怎樣！」邱昱軒鄭重發出抗議，一再強調他沒有對那些女生下毒手。「我只是看了她們一眼，又沒勾引她們！」

「無緣無故亂放電，就已經不道德了，更何況你這座發電機，本來就不該亂瞄路邊的女生。」我揮揮手，阻止邱昱軒上訴，直接宣判他敗訴。

本來就都是邱昱軒的錯，沒事長這副德性，又沒事老愛在學校裡公然找我說話，強迫我跟他一起上下學，害我變成眾矢之的，說有多倒楣就有多倒楣，我又不是他女朋友！

難道連當他鄰居都是我的錯嗎？和他們家是鄰居也不是我選擇的啊！明明就是上一代決定的事！

眞是倒了八輩子楣，被衰神附身都沒我這麼慘，唉！

「邱昱軒，我腳快斷掉了啦！」又走了幾分鐘，我開始唉唉叫。

「才走那麼一小段路妳就不行啦？妳的身體就是太少鍛鍊才會這麼虛弱啦！以後妳每天早上提早一個鐘頭起床，我陪妳去跑步。」邱昱軒的神色十足地認眞。

要我死喔？每天睡覺的時間都不夠了，還要我提早一個鐘頭起床？殺了我比較快吧！邱昱軒又不是不知道我最會賴床了，每天早上除了三個盡責的鬧鐘每隔五分鐘響一次輪流叫我起床之外，還要外加我爸媽拿藤條鍋鏟三催四請，我才肯放棄跟周公的約會，拖著千分無奈、萬分不捨的身軀下床梳洗。往往當我下樓準備吃早餐時，邱昱軒早就在我家樓下坐了好一會了。

有好幾次，一向在師長們眼中品學兼優的他，還因爲遲到，陪我被罰勞動服務。

可是這一點都不能怪我喔！每一次我都叫他不要等我，免得被我拖下水，會害他被糾察隊記名字罰勞動服務，可是每次邱昱軒都笑笑地說沒關係，他不會介意。

其實被糾察隊記名字是很丟臉的，遲到者名單會被張貼在校門口穿堂的布告欄上。我是無所謂，反正從國小就常被記遲到習慣了，但邱昱軒是學校女生眼中的白馬王子，又是老師們普遍喜歡的那種好學生，他怎麼能忍受自己的名字被張貼在布告欄上，而且名單後面還寫上「記警告一支，罰勞動服務一次」？

我一直覺得學校這樣的規矩很不近人情，遲到不問原因就要記警告，如果是上學途中剛好遇到遊行暴動，導致交通堵塞，影響我們上學的時間呢？又如果是因爲生病差點病死在床上，卻爲了不辜負家人把我們當成國家未來棟樑的深切期望，而勉強撐著走三步就一小喘、五步就一大咳的孱弱身子來學校上課，卻因爲身體虛弱，走路比較慢，結果卻遲到了呢？

「遲到就遲到，還有什麼理由？」這是學校給的唯一答案，眞的很不通情達理耶！常被記警告的結果就是，倒楣的我三不五時得幫老師們跑腿、收作業，讓他們用嘉獎來幫我抵警告，免得我提早被踢出校門。

邱昱軒可就不用像我這樣卑躬屈膝地討好老師們，反正他只要代表學校出去參加一次比賽，得獎回來少說也有小功一支。

「不要啦！我爬不起來。」我搖搖頭，要我早起簡直比登天還難。

「少睡一個鐘頭是會怎樣？」

「會全身無力不能跳！」我理直氣壯，「你沒聽過嗎？能睡就是福！你幹嘛硬要剝奪我的快樂？」

邱昱軒大笑起來，還邊笑邊用手刀敲我的頭，「妳這個笨蛋！有句話妳沒聽過嗎？士可殺不可辱，這個邱大爺憑什麼打我？不反擊枉爲人！

「什麼話？」我邊掄起拳頭對邱昱軒進行流星雨攻擊，邊問他。

「生前何必多睡？死後必定長眠。」邱昱軒邊閃躲邊回答我。

「胡說八道！語意不詳、文法不通，零分！」我反駁他。

「算了！懶得跟妳爭。」

「哼！我也不想浪費我的時間跟你爭這種無聊的事咧！反正我要繼續過我祥瑞又欣慰的生活，等我年紀大了，自然會像老人家一樣早睡早起，這就不用你擔心了。」

「好好好，隨便妳。」邱昱軒攤攤手，拿我沒輒。

後來，我們終於到了邱昱軒要去的地方，那是一間冰店。

很別緻的一家冰店，整間店以明朗的海藍色爲主色裝潢。我們叫了一碗冰，結果送來的冰是用大貝殼裝起來的，老闆給我們一人一個手掌大小的小貝殼，讓我們可以把大貝殼裡的冰舀起來吃。

「有一次妳說聽見你們班上有人在講什麼貝殼冰的事，那天放學妳跟我說聽起來好像很讚的樣子，想去吃看看，所以我就開始找妳說的這間店。我只能在假日的時候出來找，所以隔了這麼久才找到。好不容易找到，又不知道怎麼跟妳說，只好強迫妳今天跟我一起來……」邱昱軒說這些話的時候，顯得有點羞赧，白淨的臉上透著淡淡的粉紅色。

我聽著邱昱軒說的話，心裡好感動好感動，感動到不知道該說什麼來謝謝他，只好低著頭拚命吃冰。

我當然記得那天聽見班上同學在談論貝殼冰的事。我在班上的朋友不多，偏偏在討論貝殼冰的那群人又跟我不熟，我當然不可能去問他們這間店的事。放學時不經意地對邱昱軒提起，想不到他竟然記在心上了。

好像一直都是這樣，從小到大，邱昱軒總能牢記我說的每一句話。他總是對我微笑，總是站在我身邊。邱昱軒是堅強的，至少我是這麼認爲。

在我的感覺裡，好像沒有什麼事難得倒他，也好像沒有什麼事能打敗他。小時候我在幼稚園被別的小朋友欺負了，就算對方的塊頭比邱昱軒大上一倍，就算最後被對方打得鼻青臉腫，邱昱軒仍能用他的毅力與不服輸的頑固糾纏對方，強迫欺負我的人低頭來向我道歉，並要對方保證以後再也不會欺負我。

邱昱軒始終用他自己的方式保護我，從以前到現在，始終如一。

那間店的貝殼冰其實跟一般的刨冰沒什麼不同，可是因爲邱昱軒的貼心，一切都變得不一樣了，那是我所吃過最美味的刨冰。

▽▽我想一直存在妳的世界裡，不管是過去、現在或未來，不管妳會接受或拒絕，我只想站在離妳最近的地方，傾聽妳，心跳的頻率。△△

時序進入初春的三月天，空氣中仍有蕭瑟的寒意。

我就是在那樣春寒料峭的季節裡，認識杜靖宇的。

那天和往常一樣，上完第七堂課，打掃完教室及戶外的掃地區域後，身爲値日生的我及班上另一個同學就必須在其他同學都開開心心地背起書包準備回家時，提著大概有我半個身高的藍色大垃圾筒，前往垃圾場，給班上同學一整天下來所製造的垃圾做個了結。

我跟一起當值日生的戴淨亭邊走邊聊天，垃圾筒重得要命，害得我們每走一段路就必須停下來休息一下，甩甩掌心早就紅得微微發痛的手。

天氣冷得要命，我的手又冰又痛，這時候如果有個壯丁來幫我們抬垃圾筒，不知道有多好！

「啊！張詠恩，妳看！」正當我們不曉得第幾次停在路邊休息時，戴淨亭突然低聲驚呼。我順著她手指的方向看去，一看也駭住了。

遠遠的，操場另一端圍著一群人，據我目測大概有一、二十個吧！那些人圍起來的圓圈裡有兩個人正扭打成一團，沒有人去勸架，也沒有特別大聲的鼓譟，卻隱約傳來「給他死」這類的惡劣言語。

我楞了幾秒鐘，眼睛眨也沒眨地盯著那些人看，因爲太遠了，我根本就看不清楚他們的面孔，但他們確確實實穿的是我們學校制服，而且每個人都衣衫不整，站著三七步的樣子像極了流氓。

我不敢相信，在我活了十四個年頭的今天，居然親眼看到我一直以爲只有在報紙或電視上才可能看見的打鬥場面，雖然在學校打架還不至於會鬧出人命來，但我還是覺得很不可思議。

「我要去報告訓導主任。」下一秒，我用低得像呢喃的聲音說著。

「什麼？」戴淨亭的聲音拉高了兩個音，隨即她又壓低音量，「妳瘋了嗎？去報告訓導主任幹嘛？妳這樣會給自己找麻煩的，萬一被那些人知道是誰去告的密，妳就慘了！」

「沒關係！有種來找我。」我轉身快步跑了起來，那些人我並不認識，不管是打人的或被打的，沒有一個我認識，可是我就是受不了在單純的校園裡存在著這麼不單純的事，打架是不好的，那些人到底知不知道啊？

後來，那些人全都被訓導主任帶回訓導處。隔天，穿堂的布告欄上出現了一堆人的名字，被記小過跟警告的人一大堆，其中有兩個被記大過，好像是打架的那兩個人。

我的名字也出現在上面，但極不搭軋的是，我被記了一支小功，理由是：適時阻止校園暴力。

「妳是頭腦壞掉了還是怎樣？妳知不知道這樣很危險？」功過單公布當天上午第二節下課，邱昱軒怒氣沖沖地跑來找我。

「有種就叫他們來找我啊！」我還是這句話，吊兒郎當，一副天不怕地不怕的樣子。

「我眞的會被妳氣死！就算妳要伸張正義好了，難道妳不會在報告訓導主任之後就跑掉嗎？非要主任替妳記個功，讓那些被記過的人從此都知道妳是誰，方便他們來找妳算帳嗎？」邱昱軒很少生氣，看他氣得整張臉紅通通的模樣，居然……居然讓我覺得有點好笑。

原來邱昱軒生氣會臉紅，哈！

「我本來是要跑掉的，可是訓導主任不讓我跑，他叫我帶路啊。」我一五一十地把那天的情況描述給邱昱軒聽。

邱昱軒盯著我看的眼睛好像在噴火，一副要把我生吞活剝的樣子。

「我真的會被妳氣死！」後來上課鐘響了，邱昱軒要回教室前，還憤恨難消地丟下這句話。

隔沒兩天，那些人果然很帶種地來找我了！

「張詠恩，外找！」那是下午第一堂課，可憐的我們剛上完昏昏欲睡的國文，下課鐘一響，我馬上趴倒在桌上。才剛趴下，教室門口就有人喊我的名字。

我困惑地看著走廊上那個我根本就不認識的男生，腦袋裡拚命搜尋可能和那個人有關的記憶，我認識他嗎？看他一副非善類的模樣，我應該不可能跟這種人有什麼交集，他會不會是找錯人了？

我才剛從座位上站起來，戴淨亭也跟著走過來攔住我。

「張詠恩，妳不要出去，那個人好像是那天打群架的人之一。」

「是嗎？」我怎麼一點印象都沒有？

「總之妳不要出去，我去叫老師過來。」

「沒關係，我去問問他要幹嘛！」我不顧戴淨亭的勸阻，還是走出教室，來到那個人面前。

「妳是張詠恩？」眼前這個男生還沒完全變聲的聲音扁扁的，聽起來像鴨叫。

我點點頭，臉上還是寫滿疑惑，「你是誰？」

「妳不用管我是誰，有人找妳，妳跟我來就對了。」這個男生的樣子不像是來找碴的，語氣儘管不太客氣，從他的眼神倒也感覺不出任何惡意，他說他只是幫人傳話。

在好奇心的驅使下，我跟著這個男生來到學校的禮堂，平常學校沒有集會時，校工會將紅地毯跟椅子收在儲藏室裡。木頭顏色的地板上畫著白色框線，只要拉起網子，這裡就是我們上體育課打羽毛球的場地。

平常很少有人會到這裡來的，但現在這裡卻聚集了十幾個人。我才瞄了他們的體型一眼，就認出他們是前幾天在操場打架的那些人。

死定了！我怎麼這麼糊塗，傻傻地跟著一個我根本就不認識的人到這種地方來？這下插翅難飛了，怎麼辦？

心跳的速率瞬間飆快好幾倍，空氣變得好稀薄喔！邱昱軒，你在哪裡啊？快來救我啊！一群人看到我出現，本來喧嘩笑鬧的講話聲乍然止住，他們的視線全聚焦在我身上。然後有一個人從人群裡走出來，直到我面前，一句話也沒說，靜靜地看著我，眼睛裡有種難解的情緒。這個人到底想幹嘛？

我下意識地握緊拳頭，心裡想著，如果這個人膽敢動手打我，那我就算冒著被記過的危險也一定要反擊。好歹我小學也學過一段時間的跆拳道，雖然不一定可以把這個人抓起來過肩摔，但要絆倒他應該不成問題。

「妳就是張詠恩？」這樣對峙了大約半分鐘後，他終於開口說話，不同於之前帶我來的那個男生的扁低嗓音，這個人的聲音好聽多了。

我點點頭，心跳的速度還是很快，因為無法預知接下來將會發生什麼事，所以我的神經始終非常緊繃，手心都濕了。原來，我並不是天不怕地不怕的。

「那天去跟訓導主任告密的人就是妳？」他又問。

我又點點頭。

「妳幹嘛這麼雞婆？我們又沒惹妳，爲什麼要害我們？」男生的表情看起來很生氣，雖然聲音冷冷地不帶任何情緒，但看得出來他快抓狂了。

「打架本來就不對啊！」我想都沒想就衝口說出這句話，一說完馬上就噤口了。我到底在幹什麼啊？眞的不要命了嗎？現在我可是單槍匹馬地身陷敵營呢！

偷偷瞄了瞄他身後那群人，每個人都一臉恨不得把我吞了的表情。

「就算打架不對，也不關妳的事啊！又不是妳被打！」男生向前走了一步，我卻一動也不敢動，身體開始不聽使喚地微微顫抖著，腳也有點發軟，明天我會不會上社會版頭條啊？這些人如果一湧而上，我恐怕會馬上昏倒。

「妳知不知道因爲妳的雞婆害了很多人？我們被訓導主任用藤條打就算了，被記過也算了，可是有些人回家還被家長揍，他們只是圍觀又沒下去打，結果妳跑去告密，是害到全部的人，妳知不知道？」

「我……」我咬著唇，不知道該說什麼，心裡開始有點內疚，我看看站在我眼前這個男生，又看看站在他身後那些人，不知道該怎麼辦。

▽▽我始終喜歡妳笑的樣子。單純的微笑裡，有著最清透的靈氣，不摻任何雜質的潔淨，就像一輪盈滿的明月，散發著淡淡的溫柔微光。△△

「要不是因爲妳是女的，我早就一拳揍下去了！」眼前這男生舉起緊握的拳頭，在我眼前晃了晃，我本能地往後退了一步。開玩笑！我可不想受皮肉痛。

「杜靖宇！你幹什麼？」突然，有個熟悉到不行的聲音從我身後傳來。是邱昱軒！

這傢伙怎麼突然跑來了？咦？等等，他怎麼知道我在這裡？杜靖宇？這名字好熟喔，好像在哪裡聽過。

邱昱軒大步走過來，站在我身邊時，我聽見他像是急急快跑過後紊亂的喘息聲，他是跑過來的嗎？

「這人是你馬子？」那個叫杜靖宇的傢伙指著我，眼睛卻看著邱昱軒。

什麼馬子？女朋友就女朋友，什麼馬不馬子的？怪難聽的！我最討厭聽見「馬子」這個稱呼了，又不是半獸人！

「不是！」邱昱軒回答得又快又乾脆，「不過她是我朋友，我現在要把她帶走。」

邱昱軒說完，也不顧那十幾對緊盯著我們的眼睛，拉起我的手就往他來的方向回去。

那個叫杜靖宇的並沒有爲難我們，我聽見身後有人嚷著「怎麼可以讓他們走啦……」、「這樣我們怎麼辦？」、「都還沒跟那個女的算帳耶……」。

後面那些人開始躁動起來，但杜靖宇始終沒出聲。

「等等。」我反手拉住邱昱軒，並停下腳步，轉身看著杜靖宇，他的臉色還是很臭，但很明顯的，他不打想爲難邱昱軒，這時我腦裡突然閃過一個畫面……

啊！這個杜靖宇就是書法第一名的那個杜靖宇嘛！

可是怎麼跟我想像中的人完全連不起來？我以爲會寫書法的人看起來都是文質彬彬的，至少應該像邱昱軒這樣。可是這個杜靖宇簡直就是個小混混嘛！

「妳又想搞什麼鬼？」杜靖宇瞪著我，大概在猜測我是不是又要去找訓導主任告密。

我倏地彎下腰，在十幾對眼睛的注視下，鞠了個九十度的躬。

「對不起！」抬起頭後，看到所有人全都一臉驚訝，他們可能想不到我居然會跟他們道歉。

我看著杜靖宇，用不大不小的聲音開口說話。

「對不起，害大家被記過，你說得對！是我太雞婆了，你們打架是你們的事，根本就與我無關。」我深吸了一口氣，有邱昱軒站在我身邊，好像一切都變得不可怕了。邱昱軒總是能給我勇氣，我知道他會保護我，「可是，我還是覺得打架不對，有什麼事不能用講的，一定要用拳頭解決呢？又不是打一打、揍一揍就能沒事的……」

「喂！妳到底是在道歉，還是在說教啊？」杜靖宇好像又要抓狂了，唉呀！這個年輕人的脾氣實在不太好。

「我是在道歉啊！」我皺了皺眉，剛才不是跟他們說了「對不起」嗎？

「但是妳的樣子比較像在說教。」

「有嗎？」我睜圓眼看著杜靖宇，可是我明明就沒有。

杜靖宇豎著眉，一臉惡狠狠的表情。

「那個邱什麼軒的，你快點把她帶走，我不想再看到她了！」幾秒鐘後，杜靖宇寒著臉說。

「邱昱軒啦！」我開口：「他叫邱昱軒，就是書法跟你寫得一樣好的邱昱軒。」

我說完還轉頭看了邱昱軒一眼，只見他憋著臉，一副想笑又忍著不笑出來的奇怪表情。

「快走！」杜靖宇揮手下起逐客令，他像一座就要爆發的火山，整張臉都漲紅了。

「走了。」邱昱軒過來拉拉我的手，在我耳邊小聲說著。

我被邱昱軒拉著走了幾步後，又回頭看去，杜靖宇還是臭著臉，站在原地看我們。

他可能眞的很生氣吧！聽說他被訓導主任用藤條打最多下，還被記大過。可是，打架眞的不對呀！

「妳看看妳，老是惹麻煩！眞的很受不了妳耶！」一走出禮堂，邱昱軒對我又搖頭又嘆氣。

「手。」

「什麼手？」

「你的手啦！」我晃晃我的手，邱昱軒的手掌還包著我的手，都已經走出禮堂，他也該放手了吧？萬一被他的親衛隊看到，我一定又不得安寧了。

邱昱軒聽我這樣說，馬上像被什麼咬到一樣迅速鬆開手，表情變得很彆扭。

「你怎麼知道我在那裡？」沒理會邱昱軒的不自在，我心裡的疑問比較想獲得解答。

「你們班上那個戴什麼的女生跑來告訴我的。」

「戴淨亭喔？」我突然有點感動，我以爲我在班上是沒朋友的，因爲邱昱軒的關係，我成了很多人的公敵，想不到戴淨亭竟然在這時候展現她的友善。

「對，就是她。」邱昱軒點頭。

「然後你就跑來了？」我看見邱昱軒點頭後又問：「那上課怎麼辦？你們老師記你缺席怎麼辦？」

「沒關係，妳比較重要。」邱昱軒回答得雲淡風輕，我心裡卻感動不已，原來十幾年的交情果然不是假的，邱昱軒跟我就是那種用義氣相交的朋友。

後來邱昱軒問我想不想回教室上課，我說我從來沒蹺過課，偶爾蹺一堂不知道會怎樣。然後那一節課，我跟邱昱軒跑到學校東側大樓的頂樓吹風，看著遠處那一塊塊綠油油的稻田。春耕的季節總能讓人看見萌芽的希望。

當然最後，我跟邱昱軒都沒有被記缺席，我們只是分別被導師叫到辦公室罵了一節課；但是不管老師怎麼威脅利誘，我始終沒把杜靖宇他們把我叫去禮堂的事扯出來，害他們一次已經夠對不起他們了，怎麼好意思再害他們第二次？

隔天，我拜託戴淨亭陪我去福利社買了一箱飲料，又拜託她陪我把飲料搬到十七班去。

「去十七班幹嘛？」

「去跟杜靖宇他們賠罪啊。」我回答得理所當然。

「杜靖宇？」戴淨亭幾乎要尖叫起來：「妳說的是那個在操場打群架的杜靖宇？」

「對啊。」

「妳瘋了？妳不怕他又找妳麻煩嗎？」

我搖搖頭，「不會啦！如果他那麼不講理，我昨天早就被揍了，他說他不揍女生的。」

「張詠恩，我覺得妳一定是腦筋不正常！」

最後戴淨亭拗不過我，還是陪我搬著那箱飲料去十七班，只不過一路上，她一直跟我說如果我反悔，她一定會義不容辭地陪我再把飲料搬回福利社退給福利社阿姨。

後來我在一堆人好奇的注視下，把那箱飲料塞給杜靖宇，然後在杜靖宇一臉搞不清楚狀況的表情中，拉著戴淨亭倉皇地逃回我們教室。

像是一場驚奇冒險，我的心臟不知道爲什麼，在接觸到杜靖宇那雙澄澈清亮的眼睛時，居然撲通撲通跳得好劇烈，有一種好奇妙的感覺在體內流竄著。一直到後來的後來，我才知道，原來這樣的感覺，是一種接近喜歡的悸動，就在我第二次看到杜靖宇時開始。

▽▽太喜歡妳，所以想念便如影隨形，即使妳就站在我身邊，我仍遏阻不了這炙烈的想念，於是我想用我密密的思念造一座橋，從我這裡，到妳那裡。△△

「妳這是什麼意思？」我才剛跑回教室，還在喘氣，馬上看見杜靖宇扛著那箱飲料跟在我們身後跑來。

而且，他一開口就凶巴巴地沒好氣，十足審問犯人的模樣。

「賠罪啊！」我手壓著胸口喘個不停。十七班離我們教室不過也才隔一棟樓，他們班在C棟二樓，我們班在D棟三樓，我怎麼才跑這一小段路就喘到像快斷氣？

「就這樣？」杜靖宇怎麼看起來一點都不喘？難道男生跟女生的體力真的有差？「一箱飲料就想打發我們？」

我瞪著杜靖宇，這個人是土匪嗎？一箱飲料已經榨光我半個月的零用錢了，他還想怎樣？

「太多喔？」好吧！我承認我是故意挑釁。

「小姐，妳太沒誠意了吧！我們可是被記大過跟警告耶，妳用這箱飲料想彌補？」

「你，你……你這個……這個……強盜！」我整張臉火辣辣地燒燙起來，什麼啊？他們打架被記過，還說得好像一切都是我的錯似的，請他們喝飲料賠罪，居然還要被氣個半死，這到底是什麼世界啊？

「隨便妳怎麼說，反正我就是覺得妳沒誠意。」杜靖宇那副嘴臉，看了讓我恨不得拿美工刀在上面刻烏龜，這個人怎麼討人厭到這個程度？

「反正妳的道歉我們接受啦，但貢品就太寒酸了。」杜靖宇似笑非笑的嘴角，看起來有戲謔的成分。

「還來！」我突然伸出手去想搶回那箱飲料。

「幹嘛啦？」杜靖宇被我突如其來的舉動嚇到，但他反應很快，馬上就跳開。

「還來啦！我不想請你們喝了，還我。」我又撲上去，「要恨我討厭我都隨便你們，我才不在乎，反正被記過的又不是我，我爲什麼要內疚……」

「妳發什麼神經啊？有人道歉像妳這樣的喔？道個歉像在說教一樣，誰能接受啊？」杜靖宇力氣大，動作又快，我根本就搶不贏他。但輸人不輸陣，我可以來場耐力賽。

周遭開始圍起一堆看好戲的觀眾，但現在不是討論丟不丟臉的時候，我要爲我們女生爭一口氣；士可殺，不可辱！沉默不是懦弱，忍耐不是痲木……杜靖宇，我跟你拚了！

我深吸一口氣後，又重振旗鼓撲向杜靖宇，嘴裡還一直嚷著：「還來！還來！」

哪知杜靖宇這個卒仔，居然扛著我買的飲料拔腿就跑。

「杜靖宇！你這個強盜，把我的飲料還來！」我邁開腳步跑得飛快，他扛的可是我半個月的零用錢哪！

「不還！小氣鬼，我偏不還妳，怎樣？」他居然還能邊跑邊轉過頭來對我扮鬼臉。

很好！杜靖宇這句話激發出我的潛力，我發現自己居然越跑越快，原來我的運動細胞並沒有死掉，它們只是太習慣沉睡了……嗯，晚點我可以去跟邱昱軒炫耀一番，讓他以後再也沒有取笑我的機會。

「你們兩個馬上給我站住！」

正當我跑得渾然忘我的時候，有個震耳欲聾的聲音突然在我們身邊炸開，我倏地停下腳步，跑在我前面的杜靖宇也停了下來。

糟了！是訓導主任！

「杜靖宇，又是你！」訓導主任滿臉布滿肅殺之氣，他目露凶光地看著杜靖宇，「你才剛被我記過，怎麼又開始想挑戰學校校規了？」

杜靖宇沒說話，他很安靜地看著訓導主任，眼裡沒有畏懼，也沒有桀驁不馴的暴戾之氣，就只是定定望著訓導主任。我不知道此刻他的心裡在想些什麼，不知道他的心跳是不是像我這樣因爲害怕而變得不安分，不知道他是不是像我這樣擔心可能面臨的責罰，不知道他介不介意他的功過表裡可能再多添一支處分的紀錄。

「告訴你們多少次，走廊是用來走路的，不是讓你們練習跑步的場所，要跑步有操場可以讓你們跑，愛怎麼跑都隨便你們，怎麼你們講都講不聽？」訓導主任的大嗓門讓我覺得很丟臉，現在大概我們這棟教室的學生全都聽到他獅吼般的訓話聲，也知道有兩個笨蛋因爲在走廊上奔跑，而被鐵面訓導當場訓斥了吧！

唉唷！好丟臉喔！都是杜靖宇害的啦，要不是他扛著飲料跑來鬧我，我怎麼會不守校規地在走廊上跑起來？都是他啦！

「妳是哪一班的？」突然，訓導主任把眼光落在我身上，嚇得我猛吞口水。

「六……六班的……」受到過度驚嚇的我，聲音忽然變得小如貓叫。

「叫什麼名字？學號幾號？」主任又開口。

完了！主任要開始記過了啦！我死了我。

嘴裡老實地報上名字跟學號，卻忍不住用充滿怨恨的眼睛瞪了杜靖宇幾眼，這個人怎麼這麼帶賽啊？

「我要罰你們兩個人勞動服務……」

「主任！」主任話都還沒說完，杜靖宇就開始插嘴：「不要罰她，跟她沒有關係，是我搶她的東西，又故意鬧她，還跑給她追，她才跟著我在走廊上跑的。」

我呆住了，事實根本就不是這樣，這個杜靖宇在幹嘛啊？

「是這樣嗎？」主任看看杜靖宇，又轉頭看看我。

「是的，主任。」杜靖宇根本不給我說話的機會，他又接著說：「這箱飲料就是證據。」

杜靖宇說著就把扛在肩上的飲料拿下來，遞給訓導主任看，要主任相信他說的話。

後來我居然逃過一劫沒被處分，而杜靖宇被罰勞動服務三天，不幸中的大幸是，主任網開一面沒記他過。那箱被視為證據的飲料，事後還是被杜靖宇拿回去請他那群哥兒們喝。

然而，杜靖宇那天為我掩飾的行徑，卻始終讓我不解，他到底是什麼居心呢？如果他以為他這樣做，我就會感激他，那他根本就是在作夢，我會這麼不顧形象在走廊上狂奔是誰害的啊？

只是從那次事件之後，我就像被下了「杜靖宇魔咒」一樣，三不五時就在校園裡碰見他，中獎率之高，簡直直逼樂透的摃龜率。

更慘的是，我們班的體育課竟然跟他們班同一節，這就表示，一旦我想在體育課偷懶，可能馬上就會有人大呼小叫地提醒我們體育老師注意偷懶的學生；當然，如果我體育課表現得太爛的話，也可能將會被某個人大聲嘲笑。

於是上體育課變成我最痛恨，卻也最用功的一門課。

我告訴自己：越是面對你討厭的人，越不能有任何把柄落在他手上。

很好！杜靖宇，算你狠！古人說得好，驕者必敗。而「風水輪流轉」這句話，讓我相信那一天絕不會讓我等太久。

▽▽總是能在人聲雜沓中，一眼就看見妳的存在、聽見妳的聲音。當日積月累的喜歡不斷在心裡發酵後，我發現自己開始有了和妳相互感應的超能力。△△

夏天很快地來了。當我們擺脫厚重的冬衣，換上清爽的夏季制服時，我覺得整個世界似乎都跟著輕盈起來。

最近一向平靜的校園開始熱鬧起來，學校為了六月份的校慶，決定在六月的第一個星期六舉辦運動會跟園遊會。消息公布後，「你們班園遊會要賣什麼東西」很快就榮登學校熱門話題第一名。

「賣黑輪米血啊！一定很多人愛吃。」開班會時，班上有人提議。

「賣茶葉蛋也不錯。」接著有人說。

「紅茶跟綠茶啦，夏天當然要賣飲料。」

「射飛鏢！誰看起來最欠扁就讓那個人去當靶，一定轟動啦！」居然有人提這種爛主意。

「那就你去吧！你看起來最欠扁了。」馬上有人吐槽。

大家的七嘴八舌差點掀翻了教室的屋頂。

最後我們決定賣刨冰。班上有個同學家是開冰店的，他很夠義氣地說要跟他爸借一台刨冰機來支援我們的「搶錢行動」。

一切好像圓滿解決了，然而……

「喂，妳幹嘛愁眉苦臉的樣子？考試考壞啦？」放學的時候，走出校門口，倚在校門旁等我一起回家的邱昱軒一看到我，馬上關切地問。

「邱昱軒，我死定了啦！」我慘慘地吐了口氣，眉毛垂成八字眉。

「怎麼了？」

「我被人陷害了！」啊！好想哭喔，我的人緣眞的這麼糟嗎？怎麼班上同學個個都想把我推入火坑？

「什麼？陷害什麼？」邱昱軒突然叫得像他家失火一樣。

「你幹嘛啦？你這樣害我嚇一跳耶！」我撫著胸口，埋怨地瞪了他一眼，接著才說：「學校不是要舉辦運動會嗎？」

「對啊，怎樣？」

「我被我們班的人陷害去參加跳遠比賽啦！」

「妳？不會吧？」邱昱軒爽朗的笑聲怎麼這麼刺耳？「妳腿那麼短，怎麼……唉唷！妳踢我幹嘛啦？很痛耶。」

「你幹嘛說我腿短？你的又長到哪裡去？」只不過比我高個幾公分，居然就這樣得意忘形起來。

邱昱軒只是笑，還是不安好心的那種笑容。

「喂！你不要笑啦，趕快幫我想辦法，我不想去跳那個什麼鬼跳遠啦！我運動細胞那麼爛，不要說跳得遠，只要跳得出去我就謝天謝地了。」

「咦？那天是誰跟我說她的運動細胞還沒死，如果去參加百米賽跑一定可以拿獎的啊？」

邱昱軒竟然還記得我那天追著杜靖宇跑完後，誇張地向他炫耀我運動潛力被激發出來的事。

「哎唷，你不要再開玩笑了啦！」真是的，我都快煩死了，邱昱軒還有心情在那裡鬧我。

「把腳折斷啊！腳折斷就不用跳了。」邱昱軒的表情很認真，但我很想扁他。

「爛方法，沒創意，零分。」我瞪了他一眼，順便又送他一記拳頭。

「請病假。」他繼續想辦法。

「我會被我們班上那群凶神惡煞砍了，不行啦！」我搖搖頭。

後來邱昱軒又提了幾個方法，但全都被我否決掉。沒有一個辦法是完美得讓人看不出破綻，除了那個「把腳折斷」的方法之外。但如果只是爲了跳遠比賽，就把我這雙腳折斷，那我的犧牲也未免太壯烈了點吧！

「那妳就只好認了吧！」邱昱軒拍拍我的肩。

「啊！好討厭啊！爲什麼是我？」班上比我高、彈跳力比我好的人那麼多，爲什麼偏偏選我去跳遠？這分明是要看我出糗嘛！

「別擔心，我會陪妳練啦！」邱昱軒笑得很陽光，他細細的髮絲在風裡輕輕飄揚，看起來眞的很有白馬王子的架式，難怪學校裡迷戀他的女生那麼多。

相較於邱昱軒的溫文儒雅，杜靖宇就顯得健壯粗獷得多，杜靖宇像個運動員一樣，總有用不完的活力，身上有著飽經風吹日曬的健康膚色，笑聲爽朗，但是，脾氣不好！

雖然打架事件過後，我就沒再看過杜靖宇發脾氣，甚至之後每次遇到他，他也總是笑笑地向我打招呼（雖然我覺得他的笑容不懷好意），但他生氣的表情讓我印象太深刻了，所以我自然而然地就把他歸類在「脾氣壞、EQ低」的那個層級裡。

「眞的嗎？」我還是很消沉。

「對啊！」邱昱軒點頭，「因爲我被選出來參加跳高跟兩百公尺障礙賽。」

「眞的假的？」

「騙妳幹嘛？」

「耶！」我一掃剛才的愁雲慘霧，歡呼起來：「邱昱軒你好倒楣喔，居然要參加兩項耶，哈哈，我才一項，比你幸運，耶。」

「妳是在幸災樂禍嗎？」邱昱軒的嘴角開始抽搐。

「咦？你看不出來嗎？」我還是一直笑，一邊笑一邊豪爽地拍著邱昱軒的肩膀，「我當然是在幸災樂禍啊！哈哈，我們果然是難兄難弟……喂！邱昱軒你幹嘛踢我？有膽你就不要跑，你給我站住……」

臭邱昱軒，你不要以爲你跑得飛快我就會輸，你別忘了，我也是有潛力的，哼。

然後，夏天的腳步越來越近，天氣越來越熱，我跟邱昱軒每天留在學校練習跳遠跟跑操場的時間也越來越長。

「欸！妳好像都沒進步耶。」這是我們辛苦練習了一個星期後，邱昱軒對我的表現的第一句評語。

「眞的嗎？」我快哭了，每天跳來跳去，我的腿快報廢了不說，還開始長出小蘿蔔，而辛苦的結果，竟然得到這樣的評語，唉！

「好啦！妳不要難過，其實是有進步啦，大概進步這樣。」邱昱軒舉起他的右手，用大姆指跟食指比出一段大約只有兩公分的距離。

「邱昱軒，你這樣算是安慰嗎？」我睜大眼瞪著眼前不想活命的邱昱軒，這人的嘴眞不甜，一點都不知道該怎麼討好女孩子是嗎？

「說妳有進步妳還生氣，妳這個人眞難相處。」邱昱軒竟然埋怨起我來。

於是一場眞人格鬥賽又開始活生生地在操場邊上演，沒多久，戰敗的邱昱軒開始拔腿就跑，邊跑還邊不服輸地嚷著：「好男不跟女鬥！」

眞是夠了！戰敗國還敢這麼囂張，分明是要引起我的殺意嘛！

「那你就不要跑啊，來單挑啊，打輸就落跑根本就是卒仔……」我扯著喉嚨叫。

「那妳來追我啊，跑快一點，來來來，只要再用力一點跑，妳就可以追上我啦。」邱昱軒轉頭衝著我喊，臉上的笑乾淨得像個天使。

黃昏的風撲打在臉上，有種沁涼的舒爽，我齊肩的頭髮在風中飛揚，遠處天邊綴著紅紅紫紫的晚霞璀璨，邱昱軒清脆的笑聲在風中飛散，我的嘴角勾起一道弧線。純眞的歲月裡，幸福總是單純而美好，因為年輕，所以純粹，所以什麼事都可以不在乎。沒有永恆的悲傷，每一天都讓人覺得充滿希望。

一直到後來，每當我心情不好時，就會憶起那個夏日的黃昏，憶起邱昱軒揚著天使般的笑容，愉快地衝著我笑，憶起那段純眞歲月，那些簡單純粹的快樂與悲傷，還有初生之犢的傻氣和勇氣。我知道一切不可能再重來一遍，但至少在記憶的版圖裡，我還擁有這些珍貴的過去，那是支撐著我跌倒再爬起來的動力之一……是的，只要再加把勁，我知道我一定可以一一跨過生命裡的層層關卡。

▽▽喜歡一個人會讓人變得忐忑不安，想親近又怕洩露了心事，想保持距離又擔心妳看不見我，所以我只能站在原地守護妳。△△

不知道從什麼時候開始，杜靖宇經常出現在放學後的操場上。

他還是跟以前一樣，總是和一群人集體行動，依然是不肯規矩地把上衣紮好，依然習慣走在十幾個人的最前頭，像個帶頭的大哥，十分威風。

有時他會跟他那群哥兒們追著一顆籃球在球場上跑來跑去，他們打球總是很吵，吆喝聲、叫囂聲、笑鬧聲……整個操場因為有他們的聲音而變得很熱鬧；有時他們會一堆人坐在司令台上聊天，聊些什麼我並不知道，但不管他們在聊什麼，總會不時爆出幾聲大笑，好像很開心的樣子。

有好幾次，我因為好奇他們為什麼笑得那麼開心，而轉頭過去看他們，卻觸見杜靖宇望向我的目光，那樣直勾勾的凝視，總讓我不知所措。

好像被什麼東西撞到胸口一樣，心臟會突然用力抽動一下，於是我只能飛快地將眼睛移開，裝作什麼都沒看到，再繼續我的跳遠練習。

可是漸漸的，只要有杜靖宇在場，我就會變得不自在。

我不知道自己是怎麼了，也許是心理作用，也許是那幾次的巧合讓我產生錯覺，我總感覺杜靖宇好像時時刻刻都在留意我的舉動。

「欸！妳每天這樣跳來跳去的，不會很無聊嗎？」有一天下午，杜靖宇突然從籃球場那裡走過來，坐在離我不遠的單槓上，對我微笑著。

他的眼睛閃亮亮的，像兩顆太陽，發出熠熠的光芒。

我看了他一眼，沒說話，心臟卻又亂了節拍，我到底是怎麼了啊？

「妳根本就用錯方法了，妳知道嗎？」杜靖宇又說。

我依然沒說話，不過這次他很成功地讓我把視線停留在他身上。

「妳助跑完後就只是跳，這樣根本跳不遠。起跳後，妳的手跟腳要先用力往上抬，再把手腳往前伸，快落地的時候，兩隻手要盡力往下壓，可是兩隻腳還是要往前伸，這樣說妳懂嗎？」

杜靖宇說得好專業，可是我卻聽得一頭霧水。

「我示範一次給妳看好了。」杜靖宇看我一副呆頭呆腦的樣子，只好從單槓上跳下來，走到我身邊實際示範一次給我看。

他先助跑一小段路，然後踩板、膝撐、起跳、騰空步、落地，就像一尾騰躍在海面的海豚一樣，一氣呵成的動作優美而動人，重點是……他眞的跳很遠！

「你怎麼能跳這麼遠？」他也沒有比我高多少，爲什麼跳的距離卻是天壤之別呢？

「就是用我剛才跟妳說的那種方式啊。」

後來杜靖宇又在我做錯時示範了幾次正確動作給我看，慢慢地，我覺得自己也像一尾海豚了。

「進步很多喔！妳很有潛力嘛。」杜靖宇笑得很開心，好像進步的是他似的。

「都是你教的啊！」我偏著頭，衝著他笑，不知道爲什麼，杜靖宇突然偏過頭去，我看見他的耳根一片赤紅。

在那一瞬間，我好像突然感受到了什麼，於是氣氛變得好尷尬。

「呃……那個，那個什麼軒的，他今天沒來陪妳練習嗎？」過了大約一分鐘，杜靖宇才又轉頭過來看我。

「邱昱軒啦！」我蹲下身，用手指在沙堆上寫下邱昱軒的名字，又抬起頭愼重地對杜靖宇說：「這是他的名字，你以後不要再叫他邱什麼軒了。」

「妳很無聊耶，妳知道我在說誰就好，幹嘛這麼龜毛？」杜靖宇白了我一眼。

「你才無聊咧！記不住他名字，還沒禮貌地叫他邱什麼軒，上次已經跟你說過一次了，你還記不住，眞是的！」我搖頭。

「妳又來了！」

「什麼又來了？」

「妳沒有發現妳眞的很愛說教嗎？妳以後一定要去當老師，不然就太可惜了。」

「謝謝你的建議，我會好好考慮的。」我沒好氣地瞪他。

邱昱軒出現時，天色已經有些昏暗，我因爲跟杜靖宇閒聊著學校裡一些無聊的八卦，以致於沒注意到邱昱軒的出現，還是杜靖宇眼尖地先看到遠遠走過來的邱昱軒。

「妳的白馬王子來了，我先閃人了喔。」杜靖宇雙手往後一撐，站起身來，不等我回話就往籃球場的方向跑去，在那裡，他那群朋友還精力充沛地追著那顆籃球跑，他歸隊時，他那些夥伴故意似的大呼小叫著。

我看著杜靖宇越走越遠的身影，心中淡淡地漫出失落感，很微量，可是卻很明顯地存在，我想我一定是哪裡不對勁了！

「妳剛才在跟誰說話？我好像看到有個男生在這裡。」邱昱軒拉了拉他書包的帶子，臉上有一絲疲態，我想起他早上跟我說今天放學後要幫班上畫運動會加油海報，剛才他一定畫得很累很辛苦。

「是杜靖宇。」我依然坐在地上，維持著剛才跟杜靖宇聊天時的姿態。

「他？」邱昱軒忽然睜圓眼，「他來找妳幹嘛？又要來找碴嗎？」

「沒有啊。」我抱著膝，身體輕輕搖晃起來，像不倒翁。「他教我跳遠的技巧，我之前都用錯方法了，結果我用他教我的正確方法跳，一下子進步很多喔。」

「眞的嗎？有多進步？」

「我跳給你看喔。」我站起身，順手拍了拍沾在運動褲上的沙塵，還朝籃球場那裡瞄了一眼，杜靖宇他們好像要解散了，我看到他們之中有好幾個人背著書包，打打鬧鬧地玩著，其他人或坐或站地聚在籃球框架下，籃球場上現在已經沒有人在奔跑了。

我又望見杜靖宇了，他的目光好像是朝我們這個方向看過來的，不知道爲什麼，我總感覺在人群中，杜靖宇似乎顯得特別耀眼，我開始能在一堆人中一眼就辨認出他所在的位置。

是因爲我認識他的關係嗎？

然後我在邱昱軒的注視下，用杜靖宇教我的方式做了一次跳遠的動作給他看。

「眞的跳得比較遠耶。」邱昱軒驚訝地看著我，接著又問：「那妳之前到底是怎麼跳的啊？」

「鬼才知道我之前是怎麼跳的，我不是說我只要跳得出去就謝天謝地了嗎？我那時只想著『跳出去』，可是剛才杜靖宇教我的方法裡面沒有這三個字，他說我如果能在空中跨步，可以跳更遠，可是我還不會，我有懼高症。」

「這跟懼高症有什麼關係？」邱昱軒失笑。

「只要我離地，就會很害怕，人在半空中感覺很不踏實，會想快點回到地面，一心一意只想觸地，你還會想多花那一秒或兩秒的時間在空中跨步嗎？」我一本正經地說。

「胡扯。」邱昱軒大笑起來，好像我講了什麼很好笑的笑話似的。

之後，我越跳越遠，有明顯的進步。杜靖宇他們依然每天出現在操場上，最近還開始踢起足球，只要有他們在的地方，就一定是吵吵鬧鬧的，他們很快樂，有時我會莫名其妙地羨慕起他們來。

杜靖宇的成績並不是很好，我注意過他在全校的排名，都在四百多名上下，同級生總共有五百多個人，他的成績眞的不算好。

可是他很自由快樂，想做什麼就做什麼，跟我們不一樣，我們的成績如果退步，回家會被爸媽罵。也永遠都不敢冒險，只能尋求一種最安全的方式行事，聽大人的話、做他們認爲我們應該做的，這樣的生活型態也許能讓人一生安穩順利，可是如此一來，人生便太平淡，沒有驚奇、沒有刺激、沒有狂喜或狂悲的起落情緒。

所以，我羨慕杜靖宇他們，就算被記過，他們好像也無所謂，他們只做他們認爲對的事，過他們想過的生活，他想笑就笑、想生氣就生氣，完全不必壓抑，書讀得不好也沒關係，人一生的成就不是決定在學歷高低，王永慶就是個例子啊。

「我眞的搞不懂你們耶！妳每天花那麼多時間去讀那些無聊的課本，背世界各國的首都，記戰役的名字，到底有什麼用啊？」有一次，杜靖宇看我抱著課本靠在教室外的欄杆上背書，走過來問我。他只是雲淡風輕地問，然而那些話卻結結實實地震撼了我。

▽▽看妳笑著，我的世界好像也被灑滿了快樂的魔法粉，空氣裡的每個分子都是愉悅的，如果可以，我想要盡我一生的氣力，永恆保留妳孩子般的笑容。△△

「邱昱軒，你有沒有想過，爲什麼我們每天要花那麼多時間去念那些書？我們可能一輩子都沒機會跟外國人說話，卻要學他們的語言；我們也不一定會去當歷史學家，卻要背一堆人名跟史事；我們可能一輩子都寫不出半本書來，卻要背解釋名詞跟成語，我不知道我們到底爲什麼要去記那些跟我們人生無關緊要的東西。」杜靖宇那短短的幾句話，在我腦裡盤旋了好多天，我找不到解答來否定他的說法。

這幾天每到下午，天氣總是陰陰的，雲層變得很厚，厚到陽光透不進來，我似乎可以從空氣中聞到雨的氣味，然而天空卻始終沒掉下過半滴雨。

邱昱軒聽了我的一席話後，轉過頭來看我。

「爲了考上好的大學，以後可以找到好的工作啊。」邱昱軒說得理所當然。

「可是現在還不是有很多碩士、博士找不到工作？」我皺皺眉。

「其實……」邱昱軒低頭沉吟了一下，再抬頭時，他丟給我一個微笑，「其實我也覺得我們在做的事很蠢，就像妳說的，我們眞的是在背一些跟我們人生無關緊要的東西，可是這至少能增進知識吧，而且妳懂的東西越多，別人就越不敢看不起妳，妳知道『稻穗理論』嗎？這就跟稻穗理論一樣，妳越飽滿，別人就越覺得妳有價值。」

有時我眞的覺得邱昱軒就像一本字典，他可以解答我所有的困惑，也許他的答案並不一定完全正確，但至少他總能成功釐清我的盲點，在迷霧中爲我點亮一盞燈，讓我找到繼續前進的路。

運動會各項預賽項目在會前一個星期左右陸續展開，原本冷清的操場，現在變得好熱鬧。加油聲、歡呼聲、吆喝聲，聲聲響徹雲霄。

「張詠恩，妳看妳看！」戴淨亭搖著我的手臂，食指往另一方指去，「那個人好像是杜靖宇耶。」

我順著戴淨亭指的方向看過去，操場中央正在舉行男生跳高乙組初賽，一堆人正圍著跳高海棉墊拚命喊加油。

眞的是杜靖宇！

我轉頭過去看他時，他正好助跑完蹬腳起跳，很輕鬆地倒體過竿。

現場響起一陣歡呼聲，杜靖宇站起來得意地笑笑，才一跳下海棉墊，他那群難兄難弟馬上圍過去搥他的胸，一群人笑笑鬧鬧地站在一旁。

「在看什麼啊？」早在昨天就已經比完甲組跳高預賽的邱昱軒，不知道什麼時候走到我面前，看看我，又轉頭去看我剛才在看的方向，「是杜靖宇嗎？」

「才不是！」我急急否認，有種被識破的困窘。

邱昱軒笑得很隨意，他用勾起的食指敲敲我的額頭，「不要發呆啦！我要去集合，等等要比賽了，妳來幫我加油。」

我拉著戴淨亭陪我去站在跑道旁，跑道上排了一堆欄架。

「邱昱軒等等要跑這個喔？」戴淨亭瞪大眼，滿臉好奇。

「嗯。」我點頭。

「會不會跌倒啊？他一邊跑還要一邊跳這個喔？萬一跌個狗吃屎怎麼辦？」

「應該……應該不會吧！」

要是等一下邱昱軒跌個狗吃屎，我一定會笑到停不下來……哎呀，我心腸眞壞！

結果，邱昱軒不但沒跌倒，反而以預賽第一名進入複賽。

「怎樣？我跨欄的姿勢帥不帥？」沒多久，邱昱軒笑嘻嘻地跑過來。

「有有有，你沒看到那堆女生全都用崇拜到不行的眼光在看你嗎？」我用下巴向邱昱軒示意站在跑道另一邊的那些女生，她們正用既興奮又憤怒的眼神望著我們，當然，邱昱軒是讓她們精神振奮的對象，而我，卻是她們恨不得毀屍滅跡的公敵。

「妳呢？妳的跳遠初賽過了沒？」邱昱軒又問我。

「過了過了！」

就這樣，我們都通過了初賽的測試，感覺像夢一樣，之前花了好多時間在練習，結果只在短短的幾分鐘，甚至幾秒鐘裡，就結束比賽了。

校慶那天，天氣很好，藍藍的晴空中一片雲也沒有。

每個學生都各自站在自己班上的攤位前大聲吆喝著，今年園遊會賣冰的有好多班，爲了要宣傳我們賣的冰有多麼好吃、多麼可口又衛生健康，我們班還派出好多位外勤人員到別班的攤位前拉客。

「張詠恩。」

攤位外有人叫我的名字，我轉過身來，瞧見杜靖宇跟他那群狐群狗黨站在我們攤位前。

一時之間，我居然不知道該如何反應，天氣熱得要命，突然看見杜靖宇，我的臉似乎更燙更紅了。

「我們這麼多人一起買冰，有沒有打折啊？」杜靖宇雙手插在褲子的口袋裡，衣服還是沒紮進去，笑的時候，一雙眼好像兩顆太陽，閃亮亮的。

「當然沒有。」我們這是小本生意呢！打了折要賺什麼？

「唉唷！小氣的咧，好歹打個九折啊，不要這麼小氣嘛！」

我搖搖頭。

「可以可以，算你們九折啊，你們要幾碗冰咧？」我們副班長不知道從哪裡突然冒出來，笑容可掬地招呼杜靖宇。

我瞠目結舌地望著副班長，他家裡是做生意的，看他的模樣倒眞的挺像個生意人。

「張詠恩妳看看，做生意就是要像他那樣啦！妳這樣根本不行。」杜靖宇向我撇撇嘴，接著對我們副班長說：「帥哥，請幫我們包十六碗冰，謝謝。」

副班長大概是生平第一次被叫帥哥，看他笑得一張臉都快歪掉了，還偏心地幫杜靖宇他們多加好多料。

「欸！副班長，你這樣不行啦！這樣我們會虧本耶！」我指著那一碗碗滿到連蓋子都快蓋不起來的刨冰，對我們副班長搖頭。

「沒關係、沒關係，一年才一次的園遊會嘛！不要跟自己同校的同學計較啦！」平常小氣得要命的副班長，這回可反常地大方起來了。

「妳等等不是要參加跳遠比賽了嗎？」拿冰給杜靖宇時，他忽然開口問我。

「嗯，對啊！十點半集合。」

「那妳要加油喔！我會去幫妳加油的。」杜靖宇衝著我笑了笑，我的心臟突然漏跳了一個節拍。

「呃，你……你也要加油。」我居然口吃了，其實我比較想說的是：「杜靖宇，你不要來看我跳遠，我會緊張。」但我終究還是沒說出口。

「好，我會。」杜靖宇把園遊會餐券交給我後，提著冰又跟他那些兄弟打打鬧鬧地走掉了。

望著杜靖宇的背影，我的心跳還是無法恢復正常。

我覺得自己變得好奇怪，開始會出現連自己都沒辦法理解的情緒反應，難道這就是所謂的成長？我突然變得好茫然。

▽▽對我而言，妳的存在是一種必然的美好，而妳對我的意義，也不僅僅只用「喜歡」兩個字就能囊括，在愛情前面，我不是巨人，我願意為妳而卑微。△△

「喏，請妳吃。」還在大太陽底下望著杜靖宇的背影發呆時，邱昱軒卻晃著一個塑膠袋朝我走來，袋子裡有兩根黑輪、一支米血糕，他把塑膠袋舉到我面前。

「你們班賣的？」我拿了一根黑輪，咬了一大口，嗯，味道還真不錯。

「對啊。」邱昱軒點點頭，笑著，「天氣熱得要命，也不知道他們在想什麼，居然全數通過要賣熱食，可是反應還不錯耶，剛才我值了半個鐘頭的班，居然賣了幾十根的黑輪米血出去，哈。」

「都是女生買的嗎？」我口齒不清地問。

「嗯……」邱昱軒想了一下，然後點頭，「好像是耶！而且有幾個女生買了之後，可能覺得很好吃，又跑回來買了幾次。」

我聽了差點昏倒，這個人的神經眞的不是普通大條耶。

他該不會眞搞不懂那些女生是衝著他的面子才去他們班買東西的吧？

「現在你們班的生意一定變得很不好。」我說。

「爲什麼？」邱昱軒呆頭呆腦的，還聽不懂我的意思，我眞是他打敗了。

「你年紀還小，等你長大自然就會明白了。」我學老人家的模樣，拍拍邱昱軒的肩，老氣橫秋地對他說著，卻忍不住嘴角的笑意。

「妳喔！」邱昱軒敲敲我的頭，也笑了起來。

後來我也弄了一碗冰請他吃，邱昱軒帶著滿足的微笑，一口一口吃下那碗紅豆冰。

跳遠比賽集合點完名後，我跟幾名選手被帶到比賽區。

沙坑旁圍了一些人，我一眼就看到杜靖宇，他和他幾個朋友一起站在一旁，他那幾個朋友不知道在聊什麼，談論得很熱烈，但杜靖宇卻只是安靜地站在旁邊看著我。

邱昱軒也在人群中，我看見站在他身邊的女生滿臉通紅地望著他傻笑，不過邱昱軒這個神經粗如電線桿的呆頭鵝一定沒有發現他身邊有什麼異樣。

太陽很大，我光站在太陽底下看排在我前面的選手跳遠，就已經熱得汗流浹背。

終於輪到我跳了，我站在起跑點深呼吸，腦裡浮現杜靖宇示範跳遠給我看時的流暢動作，抬起眼在人群中搜尋到他的臉，他只是揚著淡淡的笑，嘴巴無聲地說了兩個字。

我低下頭，學他的嘴型把那兩個字再重新唸了一遍，然後笑了。

加油！杜靖宇的鼓勵釀成一股求勝的力量。

於是我邁開腳步開始起跑、踩板、膝撐、起跳，像一尾海豚騰空飛躍起來，這一次，我跳得比先前任何一次練習時都還要遠。

一抬頭，我看見杜靖宇瞇著眼笑得好燦爛，那一刻，我的心突然整個都飄起來，輕輕的，好像飛在半空中。

比賽結果，我居然拿到第二名，我覺得這個榮耀應該是杜靖宇的。

下午是男子跳高決賽，邱昱軒跟杜靖宇都要出賽，我站在人群裡，看著場上的選手們，邱昱軒站在選手區暖身，杜靖宇則一臉若有所思的表情。

邱昱軒的動作很流暢，連助跑的半圓弧度都跑得很完美，他一過竿，現場馬上響起一群女生的歡呼聲。

竿子一直往上升，選手也一個接著一個被淘汰，最後只剩下五名選手在爭名次。

邱昱軒跟杜靖宇都順利進入決賽，越來越多人圍過來看，一陣又一陣的加油聲，讓比賽氣氛漸漸緊張起來。

我站在人群裡，目不轉睛地望著他們兩個人，心裡不斷祈禱跳竿不要掉下來。

當竿子升到一米四十時，被淘汰到只剩下三個人。

杜靖宇還是跳得很輕鬆，每次他要起跳前，目光總會飄向我這邊來，我不確定他是不是在搜尋我的身影，但只要他的眼光移到我這邊，我總忍不住地心跳加速。

「一跳不過。」邱昱軒在倒體過竿時，鞋子不小心輕輕碰到竿子。竿子搖晃了兩下，掉落在綠色的軟墊上。

四周響起一片驚呼聲，我的手也緊張地握緊了。

邱昱軒，加油啊。

我在心裡喊著，臉頰因爲止不住內心激動的情緒，而微微灼熱著。

邱昱軒從綠色墊子上站起來，他走下來，從人群裡找到我注視他的眼睛，他看出我的擔心，想安撫我緊張情緒似的對我眨眨眼，又頑皮地吐了吐舌，像在告訴我：別擔心，我等一下就會跳過去了。

我抿著嘴，唇角淡淡勾勒出一道完美的弧線。

二跳時，邱昱軒努力地躍起，奮力把自己的身子往空中拋，完成一場完美的演出。

相較於邱昱軒，杜靖宇的身體彈性好像好得多，他過竿時，身體總還能跟竿子維持著一小段的距離。

「三跳不過。」當竿子升到一米六十時，邱昱軒終究還是被淘汰了。

「你們兩個都破學校紀錄了，杜靖宇，你還要跳嗎？」裁判高聲驕傲地宣布，好像要讓全校都知道今年的一年級生裡有兩個優秀的選手。

「我再試試看好了。」杜靖宇躍躍欲試地說。

最後，杜靖宇以一米六五的高度刷新學校的跳高紀錄。

頒獎典禮在所有運動項目都結束後才舉行，我們在頒獎前二十分鐘，全被叫到司令台旁集合。

「我有看到妳站在人群裡。」在準備集合的途中，我遇到杜靖宇，他走到我身邊，壞壞的笑容很迷人。

我的心臟又壞了。

「邱昱軒跳一米四十時，一跳不過，妳看起來好像很緊張。」

「我才沒有。」

「幹嘛否認？喜歡邱昱軒又不是很丟臉的事，你們兩個人感情那麼好，難道妳不知道學校裡很多人都以為妳跟邱昱軒是男女朋友嗎？」

「邱昱軒才不是我男朋友，我們只是鄰居。」我急急地否認，心裡十分著急，像是擔心杜靖宇會誤會似的急忙為自己解釋，我覺得自己好奇怪。

「是嗎？」杜靖宇瞇著眼笑得好曖昧，我的臉被他盯得火辣辣地發燙起來。

「你們真的很奇怪耶，我才沒有喜歡邱昱軒，我跟他本來就只是鄰居，是沒有男女感情的好朋友而已，偏偏你們每個人都用思想不純正的有色眼光看我們兩個，那樣再單純的感情也都被你們看得複雜了。」我有點生氣地說。

杜靖宇聳聳肩，還是用他那雙像隨時都會讓我墜入的深邃眼眸望著我。

「還好。」杜靖宇緩緩地說著那字字都在我心版上敲成絕響的話：「知道妳跟邱昱軒沒什麼就好了，我就不用老是緊張兮兮地把邱昱軒當成情敵，還要想盡辦法讓妳注意我。」

▽▽最近我總想著妳說的話，妳說喜歡一個人，那種感情應該是反覆醞釀、細心琢磨後的精淬；卻不知道我對妳的戀慕，從見到妳的那一秒起，就開始醞釀。△△

杜靖宇的話弄得我不知所措，怔怔然地說不出半句話，不想看他總是輕易就令我臉紅心跳的那雙眼睛，也不知道該說些什麼話，才能讓自己的表現自然一點，只好低著頭看自己的鞋子。一直到邱昱軒來，才稍稍解除那尷尬凝滯的氣氛。

邱昱軒站在我身邊，好像沒察覺出什麼異樣地跟我說話，我心不在焉地用「嗯、嗯」的語助詞敷衍他，眼角則用每分鐘三到四次的頻率，偷偷瞄著杜靖宇。

頒獎時，我們一起被叫到台上，雖然我跟杜靖宇中間隔了幾個人，但我還是覺得不自在，可能是心理作用，我始終感覺杜靖宇的眼神仍有意無意地瞟向我。

後來的後來，我跟杜靖宇還是沒什麼交集，像是兩個不同世界的人一樣，我還是在我的D棟大樓安分地當個乖寶寶，偶爾上課會遲到，再討好似的幫老師跑腿討嘉獎；杜靖宇還是一天到晚夥同他那群朋友在校園裡晃來晃去。下課時間，只要我靠在教室外那道油漆斑駁的欄杆邊跟同學聊天時，常會看見他們從C棟跟D棟大樓中間的步道走過，每一回，杜靖宇都會抬起頭來往上看，望見我時，便給我一個開朗的微笑。

但我往往都侷惶得完全不知道該怎麼反應，只好匆匆地低下頭，任由臉上的燥熱恣意擴散，心底揚起連自己都無法解釋的莫名興奮。

時間過了好幾個月，我跟杜靖宇還是兩條平行線，沒有交叉，或許一輩子也不可能重疊，曾經短暫的交會，也許只是我們人生中的一小點光亮，成就不了永恆。

升上國二後，多了一科讓我頭痛的理化。

每次只要拎著理化考卷回家，想到要面對爸爸嚴酷的臉，跟媽媽傷心欲絕得彷彿自己孩子是白痴的表情，我就會覺得天地像要毀滅一樣。

「要不要去補習？」有次邱昱軒在回家的途中問我。

「補什麼？」

「理化啊。」

我安靜著，雖然我其他科的成績不算十分突出，但也沒有一科像理化成績糟成那樣的。

「我陪妳去補習吧！這樣妳就有伴了。」下一秒，邱昱軒望著沉默的我說。

「你理化成績已經很好了，這次段考，你的理化不是全校第一名嗎？那你還補什麼習啊？」我好沮喪，邱昱軒的成績讓我相形見絀。

「好還要更好啊。」

就這樣，我跟邱昱軒參加了某個傳說理化教得出神入化的老師的家教班，一個星期上兩天課，補習費貴得要命。

好在，補習費雖然貴，但還是貴得有那麼一點價值，我的理化成績終於稍有起色。

「你看你看，比上次段考進步了十二分耶。」我揮著自己的考卷，笑嘻嘻地對邱昱軒炫耀。

「哇，妳好厲害喔！眞的耶！」邱昱軒假裝驚訝地迎合我，接著他就開始潑我冷水：「可是這次的考題本來就比較簡單，全校理化平均分數比上次多了十幾分，妳這樣算有進步嗎？」

「邱昱軒！你眞的很討厭耶，就算平均分數提高，那又怎樣？我不知道就好了啊，你幹嘛提醒我啦！」我豎起眉，瞪著這個過分的傢伙。

邱昱軒沒回話，笑得很賊，下一秒，他就在我拳頭揮出之際摀胸哀嚎了。

「妳這個暴力女！」他哇啦哇啦地邊叫邊追著我跑。

我邊跑還邊回頭對他做鬼臉，然後在他的「小心」聲中，撞上一個結實的胸膛。

「很痛耶！」杜靖宇撿起被我撞掉的課本，皺著眉對我說。

我站在他面前，舌頭卻像打了死結，臉頰飛快地又灼熱起來，爲什麼我只要面對杜靖宇，就會有這麼奇怪的反應？

「老師沒教妳撞到人要說對不起嗎？」杜靖宇又說。

「對、對不起。」我居然結巴。

「還有，訓導主任說走廊是用來走路的，不是讓妳跑步的地方，校規妳都沒有在看嗎？訓導主任一天到晚在說，妳都當作耳邊風嗎？」杜靖宇好厲害，居然把訓導主任的台詞背得滾瓜爛熟。

我笑了起來，一笑，好像就不那麼緊張了。

「妳笑什麼？」

「笑你啊！竟然把訓導主任的話背得那麼熟，是不是常被主任抓去罵？」

杜靖宇竟然臉紅了。他看著我，笑得有些靦腆，這樣的他讓我覺得好新鮮，這個人竟然也會臉紅，我以爲他不管遇到什麼事，都是面不改色的呢。

邱昱軒跑過來問我有沒有怎樣，我搖頭告訴他我沒事，他又代我向杜靖宇賠罪一次。

「她很凶，恰得要命，打人力氣大得不得了，你被撞到一定會內傷，下次看到她要離她遠一點，第一次被她撞到可能只是內傷，但第二次恐怕連命都沒了。」邱昱軒居然旁若無人地對杜靖宇說起我的壞話。

「邱昱軒！」我吼他，這人怎麼這麼無禮，他不知道就算講別人壞話也要偷偷說嗎？當人家的面說人家壞話，是很沒禮貌的事呢。

「你看你看！」邱昱軒像得到印證一樣又對杜靖宇說：「她一定是獅子投胎轉世的，前輩子住在河東。」

「河東獅吼啊？」杜靖宇說完後，哈哈大笑起來。

「邱昱軒，你不想活了嗎？」我狠狠地賞邱昱軒幾拳，邱昱軒躲也不躲，只用他的手勁巧妙地化解我的蠻力。

不一樣了！邱昱軒變得不一樣了，他力氣變得好大，以前我打他，他都會痛得唉唉叫，卻沒什麼力氣抵擋，爲什麼現在他的力氣卻比我大得多？

「妳幹嘛？一臉痴呆樣。」邱昱軒看見我傻住的表情，好奇地問。

「你的力氣變大了。」

「妳耍什麼呆啊，他是男生啊，力氣當然比妳大。」回答我的是杜靖宇。

「可是以前我打他，他都只有挨打的份啊！」我還是想不透。

小時候的邱昱軒又瘦又小，像發育不良一樣，那時我長得比他高，跟他站在一起很明顯地看出我的體格比他壯碩許多，兩個人一起玩時，大人們總是提醒我不可以欺負他，有時跟他拌嘴，我氣不過地忍不住用暴力解決，往往邱昱軒都會被我打得毫無招架之力地狂哀嚎。

可是從什麼時候開始，他的身高慢慢超越了我？他的肩膀長寬了，不再瘦小得像非洲難民；他的力氣也變大了，除非是偷襲他，不然我根本就不是他的對手。

那是我第一次深刻地體會，原來男女生長大後，除了生理上的變化，除了聲音上的差異，還有更多更多不一樣的地方。

▽▽男生與女生的世界，當然不盡相同，我們用不一樣的語言、不一樣的生活態度與方式、不一樣的價值觀，唯一相同的是，對愛情奮不顧身的那份傻氣。△△

國二的課業壓力明顯比國一沉重許多。

我們導師是個女生，她每天都不忘耳提面命地交代我們要認眞用功，考上好學校才會有好的未來，現在辛苦點沒關係，吃得苦中苦，才能成爲人上人。

導師的老公也帶二年級，不一樣的是，師丈帶的是子弟班。

所謂的子弟班，就是整班幾乎都是一些厲害的人，大部分學生是老師的孩子，也有一些是醫生的孩子，或者父親在地方上很有名氣的人。

帶子弟班是很辛苦的事，校長、全校的老師，包括家長會，全部都在注意他們的表現，學生成績考得好，大家就說這一屆的學生素質很好；學生成績差，大家就會把罪全都推到科任老師和導師身上。

我們導師一天到晚都把我們拿來跟子弟班比，我們私下都在猜說，大概是他們夫妻感情不好，導師才會希望我們班的成績贏過子弟班，這樣她在她老公面講話才能大聲點。

總之，國中的生活只有四個字可以形容：水深火熱。

我是個習慣早睡，每天固定要看八點檔連續劇的人，國一時還好，面對我對八點檔的狂熱，爸媽還能睜隻眼閉隻眼地不加以干涉，我十點就上床睡覺他們也沒太多意見，但一上了國二，一切都風雲變色。

首先，不能再看八點檔。要看電視？可以！七點的新聞可以看一下。

再來，房門不能鎖，十點不能上床睡覺。累了？當然可以小睡片刻，但鬧鐘自己調好，小睡時間以一個小時爲限，鬧鐘一叫，全家人都會衝進來輪番挖你起床讀書。

要是忘了調鬧鐘呢？不用擔心，依照我爸跟我媽幾乎每小時一次的巡房頻率，他們一定不會讓你有太多時間跟周公纏綿。

「水深火熱」跟「痛不欲生」，是我國中時最快學會的兩句成語。

另外値得一提的是，那些打來找我的電話。

不管是男生或女生，只要一打電話來，我爸媽一定嚴格盤查，包括對方的姓名、班級、找我的目的，有時我爸還會誇張地連對方家是在做什麼的都問，在把對方祖宗八代都問過一次後，才酷酷地說：「張詠恩不在，有什麼事我可以幫你轉達。」

每次我在我爸媽身邊，看他們臉不紅氣不喘地說謊，我心裡總會冒出憤怒的感覺。

唯一有免死金牌的，就只有邱昱軒。

我實在不想埋怨自己的父母親，可是有時他們的作爲，又讓我覺得自己很不受尊重，那種不被信任的感覺，常常讓我有泫然欲泣的衝動。

我本來就不是那種凡事都乖乖聽話的小孩，個性裡有潛在的叛逆性格，雖然表面看起來乖乖的，也不會跟爸媽頂嘴，可是背地裡常會故意做些他們不喜歡我做的事。

當然，爲了不討皮痛，那些不聽話的事，我也只敢偷偷做。

比如：偷看小說、漫畫，或者是塗鴉。

小說跟漫畫當然只敢在學校偷看，要是在家看，肯定是要鬧革命的。班上同學有時會帶課外書到班上傳閱，我會藉機借來看一下，好在我們導師雖然嚴格，倒還不會搜我們書包，所以一直沒出什麼岔子。

我在家很悶，不太和家人談心事，也沒什麼特別要好的朋友，心情不好就會想寫些東西，通常都是些內心的自我對話，有時寫著，眼淚就會開始不爭氣地掉，常常寫完、哭完，紙上的字跡也早就模糊成一片，渲染成深深淺淺的色塊。

哭的時候，耳朵要機靈點，隨時都要留意有沒有人走過來，不能讓家人看到我掉淚，不然準會問個沒完沒了。

總之，什麼都要壓抑的日子，很辛苦。

心底的叛逆要壓抑，沮喪的心情要壓抑，喜歡一個人的感覺要壓抑，連累了想偷懶一下的小小任性也要壓抑。

勵志書上寫的「做自己的主人」這一類的話，我覺得都是騙人的。如果你凡事都隨心所欲，長輩們一定會罵你不忠、不孝、不仁、不義。

我以為我的國中生活會一直這樣下去，乖乖地聽話，念書念到把精力都搾光，努力地考上一間父母親都滿意的學校，走他們覺得應該走的路，一輩子當個聽話的乖寶寶。

眞的，我眞的是這樣以為的，如果後來我沒有放縱自己的任性，任由杜靖宇這樣橫衝直撞地跨進我的世界，我幾乎就要以為那條被安排好要走的路，會是我一生都無力抗拒的宿命，即使心裡有再多不滿，也不可能有站出來跟全世界反抗的勇氣。

那天下著雨，很細很細的毛毛雨，天空並不灰暗，陽光只是擋在厚厚的雲層外，但你抬頭看時，仍能確定太陽的位置，只是它變成一個透著微光的圓球，並不如平時那樣耀眼。

我照例每個星期上兩次的理化家教，那陣子流行感冒，邱昱軒也趕上流行的順風車，沒辦法跟我一起去補習。

我沒撐傘，一個人騎著腳踏車，提早到補習班，停好車子後，又不想太早進教室，遲疑了一會，決定到附近的書局去逛逛。

從補習班的巷子走出來，才剛要過馬路到對街的書店去時，有人在路邊喊著我的名字。

「張詠恩。」聲音並不太陌生，卻也無法讓我一聽就馬上想起對方是誰。

我循著聲音的來源望去，看到杜靖宇斜背著一個大書包，手上抱著一疊東西，站在路邊衝著我笑。

細雨斜斜地打在他身上，他卻絲毫不在意，額前的頭髮沾著雨水，看起來有幾分灑脫不羈。

看見他的一瞬間，我的胸口突然一窒，呼吸有些不順暢。

「妳怎麼會在這裡？放學沒回家啊？」杜靖宇落落大方地走向我，一點也沒察覺出我心裡的驚慌。

我始終搞不清楚自己對杜靖宇的感覺，但我肯定那跟我對邱昱軒的感覺是不一樣的。

我面對邱昱軒時，不會感到呼吸困難；和邱昱軒說話時，即使靠得再近，也不會心跳加速；看見邱昱軒時，會自然而然地就走向他，不會有任何遲疑。

可是杜靖宇不一樣！

杜靖宇總讓我懷疑自己患有心臟病，跟杜靖宇說話，常會有下一秒我可能就要昏倒的感覺；看見杜靖宇，我只會楞楞地站在原地，然後手腳末稍變冰冷、耳根和臉畔會灼熱，有時他無意間靠得太近，我的身體會不由自主地輕微顫抖著。

我想走近杜靖宇，但卻又下意識地想避開他，不知道為什麼，他總是給我一種太危險的感覺，好像一旦我靠得太近了，就會整個人被吞噬掉一樣。

我不懂得這樣的感覺是什麼，教科書上沒教，也沒有同學可以跟我模擬演練，或者分析狀況給我聽。

「我……我在這附近補習。」杜靖宇一走近，我身邊的空氣似乎都被他吸光了似的，我又開始緊張起來。

「補什麼？」幾個國中生從我們面前走過，杜靖宇抓起手上幾張紙，塞給他們。

「理化。」我偷偷趁杜靖宇沒注意時深呼吸，希望他不會看出我有多緊張。

「我理化也不好。」杜靖宇抓抓頭，笑得有些靦腆，「不過其他科也都很爛，所以其實也看不出理化成績有多糟糕，哈。」

我看著他，不知道該接什麼話，但是心裡卻暗暗地羨慕著這個好像什麼事都可以不在乎的人。至少他的笑容是發自內心的，不像我，有時不得不戴著虛偽的面具，在長輩面前假裝自己很快樂，假裝自己是個沒有煩惱的小孩。

色。

我覺得自己比杜靖宇可憐，他扮演的是他自己，而我，卻是在扮演大家希望我扮演的角

▽▽妳說，愛情沒有先來後到，不是誰先排隊就可以拿到愛情先發權。這些我當然都知道，但是妳卻不能明白那種被插隊後，被愛情遺棄的強大失落。△△

「妳幾點上課？」杜靖宇看了一下自己的腕錶。

「六點。」

「那還有半個鐘頭，妳幫我一下，等等我錢分妳一半。」他說著就把手上那一疊厚厚的紙，分了一小部分給我。

「這是什麼？」我順勢接過他遞來的紙，眼睛盯著他。

「宣傳單。」杜靖宇說著，又發了幾張給路人，然後轉頭過來望著我笑。

我抽出其中一張宣傳單，是補習班的招生廣告，大意是說那是一間讚到不行的補習班，有讚到不行的硬體設備、讚到不行的師資，還有讚到不行的升學率。

當然，這麼讚的補習班，免不了有讚到連你爸媽都要罵三字經的補習費！

「你怎麼會來發這個？」我挺好奇的，感覺杜靖宇跟發宣傳單這種事，根本就晝不上等

號，他應該是那種在操場跑來跑去，或者跟他那群看起來都不像善類的兄弟，在街上四處逛來晃去的人，也許心情不好，還會抽個菸，或打場撞球什麼的。

「無聊啊，剛好有這種打工機會，就來囉。」杜靖宇爽朗地回答。

「賺的錢多嗎？」我學他把手上的宣傳單硬塞給走過的路人，附贈一枚微笑。

「一疊五百元，我拿了兩疊。」杜靖宇掀開他的包包，我看見裡頭還有一堆宣傳單。

「如果發不完要怎麼辦？」

「那就拿回家資源回收啊。」

「老闆不會罵人喔？」杜靖宇臉上沒啥表情，我倒像土包子一樣大驚小怪。

「開玩笑的啦！」杜靖宇笑笑，「我才不會那樣咧！拿人家的錢，我就會把事情辦好，這是做人的基本道理。」

就這樣，我們一邊聊天，一邊發宣傳單。

站在杜靖宇身邊，我還是有些緊張，但已經沒有先前那麼嚴重了，可能是因為不斷地閒聊，沖淡了一些令我不知所措的情緒。

「我一直很想問你一個問題。」其實我想問他的問題不只一個。

「什麼事？」

「你那次為什麼要打架？」這個問題，我很久以前就想問他了，我很想知道到底是什麼原因，可以讓一群男生冒著被學校記過的險，也非要打架不可。

杜靖宇先是一楞，接著哈哈大笑起來。

「喂！你笑什麼嘛？」我有些嗔怒，這個人眞沒禮貌，笑這麼大聲會害我覺得自己好像問了一個很沒營養的問題似的。

「妳很好奇嗎？」

在杜靖宇的注視下，我拚命點頭。

「那其實也沒什麼，不過就是爲了一個女生，事後想想，那樣子眞的滿幼稚的。」

「女生啊？」我重覆著這三個字，突然有種小說情節搬到現實生活的錯覺。

「跟我沒有關係的女生啦！」杜靖宇出聲強調，像要撇清什麼似的。「是我朋友喜歡的女生，應該也不是他女朋友，那個女生跟那天被我們圍在中央的那個男生走得很近，好像很要好，我朋友吃醋，就說要給那男生一點教訓。只是後來才發現，一切都是誤會一場，那女生根本也沒喜歡那個男生，也不喜歡我朋友。」

杜靖宇笑得很隨意，細雨已經讓我們兩個人都淋得半濕，偏偏誰也沒移動腳步去躲雨。

我想待在杜靖宇身邊，多一秒是一秒地私心渴望著，但這樣的任性，我只能放在心底。

我已經太聽話了，生活裡沒有自主性地順從所有的安排，但這一刻，可不可以就這樣放縱自己，任性地去做一件自己喜歡的事？只要不傷害到其他人，應該都不爲過吧？

「誰知道，剛好就遇到一個雞婆，唉！」杜靖宇說完，又戲謔地瞄了我一眼。

「什麼雞婆？」我像被踩到尾巴的貓，跳起來哇哇大叫：「打架本來就不對，都這麼大個人了，有什麼事不能好好說，非得要用暴力？」

「妳看妳又來了，這麼愛說教。」杜靖宇搖搖頭，嘴角還掛著笑意，「眞搞不懂那個邱什麼軒的怎麼受得了妳。」

「邱昱軒啦！你怎麼每次都記不住他的名字？」杜靖宇搖頭晃腦地裝出怪里怪氣的聲音，唸著「好啦！邱昱軒、邱昱軒、邱昱軒、邱昱軒……」

邱昱軒的名字，搞得我忍不住笑出聲音來。

「你很天才耶！邱昱軒要是聽見你這樣叫他的名字，不氣到吐血才怪。」

「我要先把他的名字記住啊，免得改天又被妳唸，還要被妳笑。」杜靖宇一臉正經，但他這樣，反而逗得我越笑越大聲。

「明明不是你喜歡的女生，你幹嘛也出手打人？重朋友義氣也不是這樣吧？」

放學時間，學生特別多，才一會兒，我們手上的宣傳單已經分掉一疊。

杜靖宇不讓我拿太多宣傳單，他說他力氣大，傳單他拿，我只要站在他身邊，看到有人經過再從他手上取幾張傳單發出去就好。

那是杜靖宇體貼我的方式，我不知道他是不是對每個女生都這麼溫柔，但至少我已經被感動，心底揚起一絲歡愉的喜悅。

「妳哪隻眼睛看到我打人了？」杜靖宇反問我。

「你沒打人？」我的聲音稍稍拉高幾個音，「你沒打人怎麼會被記過？」

杜靖宇笑了笑，「妳問太多了，有些事情妳不用知道。」

「可是我想知道所有和你有關的事情……」話才一衝出口，我馬上後悔了，看見杜靖宇望著我，笑得頗有居心的臉，我很想一拳打昏自己。

我慌張地把眼光移開，不看他，飛快的心跳卻仍無法稍稍止緩。唉，眞受不了自己的嘴巴，怎麼總是關不住，常會衝口就把心裡的話洩漏出來？

「我不會因爲感情的事打人，就算我很喜歡一個女生，我也不想讓她煩惱，如果她喜歡上別人，我也不會強留。尊重她的決定，她能開心比較重要。」我轉頭過去看杜靖宇時，他並沒看我，手上的動作也沒有停下來，笑容跟表情都是淡淡的，淡到幾乎是面無表情一樣。

「而且那是我朋友的事，我本來就不應該插手，只是後來被主任叫去，沒人敢承認是誰先動手打人，主任舉著一根跟他姆指一樣粗的藤條，威脅我們，如果沒有人承認，他就要每個人都先打二十下。我們裡面有人根本就是無辜的，他們只是被拖去看熱鬧。那時也不知道是哪裡來的勇氣，我就告訴主任說，先動手打人的是我，所以才會被記大過，我以爲這樣其他人就不用被記過了，可是主任並沒有守信，我們還是全都被他用藤條打了一頓，只是有的只被打幾下，我跟那個男生都被打二十下。」

「……很痛嗎？」我的聲音像洩氣的皮球一樣虛弱無力，鼻頭有些酸酸的，心疼杜靖宇挨揍的情緒從心底漫溢出來。

杜靖宇斜睨了我一眼，陽光般的笑容又從臉上綻出來，「當然痛啊！」

「對不起啦，我……」雨停了，但我的眼眶卻開始潮濕。

「笨蛋！」杜靖宇突然伸出他的右手，輕推我的頭一下，還是笑，「妳幹嘛這麼娘娘腔，眞不習慣，妳這男人婆張牙舞爪的樣子看起來有活力多了。」

▽▽也許對我來說，愛情是一道太難解的習題，我的反應不機伶，也沒有超強的悟性，所以即使再怎麼努力，還是走不進妳心裡的那個位置。△△

我應該要跳起來哇哇叫，或者反駁杜靖宇，說我才不是那種脾氣暴躁舉止粗魯的女生，可是我什麼都沒說，就只是這樣站在原地望著杜靖宇，心裡痛痛的，喜歡他的情緒，像癌細胞一樣，在心底蔓延擴散。

有種想掉淚的衝動。

我不知道爲什麼我會喜歡杜靖宇，他長得沒有邱昱軒好看，功課也不好，操行分數只勉強維持在及格邊緣，好幾次聽見他跟朋友說話時，每句話裡幾乎都會夾雜「Shit」或者「Fuck」這類的粗話。

他身上有股危險的氣質，壞壞的，卻很吸引我。

也許是我之前的生活環境單純，遇到的人都像邱昱軒那樣，安分守己地乖乖念書、生活規律，循規蹈矩，從不讓人擔心。

可是杜靖宇不一樣。他會打架、會挑戰校規、從不把制服紮好、常常被訓導主任約談或記過，卻仍能每天開心地過日子，而且他是以那麼具衝擊性的方式，出現在我的人生舞台上。

因爲他的出現，我才知道，原來這個世界上，並不是每個人都像我或邱昱軒一樣，會乖乖接受大人們爲我們安排的一切；不是每個人在面對學校不合理的要求時，都像我們一樣忍氣吞聲、逆來順受。

對我而言，杜靖宇像個發光體，吸引了我的目光。

一開始，我只是稍微比較注意他，羨慕他自由自在的生活方式，羨慕他的書包輕得像裡面什麼東西都沒有，羨慕他可以跟他的朋友如入無人之境地在球場奔跑呼嘯，羨慕他可以不把升學當成一回事地繼續玩樂著。

眞的，最初引起我注意的，就單單只是他隨心所欲的生活，因爲我沒有辦法像他那樣，所以看著他，總會加深自己的悲哀。

到後來，我漸漸看見杜靖宇的另一面了。

他除了玩，也有自己堅持的事，他的書法寫得很好，每次校內的書法比賽，幾乎就像是他跟邱昱軒的較勁，第一名跟第二名，永遠都是他們兩個人；杜靖宇的體育也很好，曾經代表學校出去參加過兩次田徑比賽，兩次都拿了名次回來。

但這都不是我對他動心的原因。

眞正讓我動心的，是每次只要遇見他，他總會用一種異常認眞的神態看著我，一次又一次的，終於引發我心裡的化學變化。

後來化學反應越來越大，強度隨著遇到他的次數逐漸增強後，我才驚覺自己似乎就快要管不住自己的心了。

我並沒有完全淪陷，不過我想，大概也差不多了。

後來，我沒有拿杜靖宇硬要分給我的錢，杜靖宇有些生氣。

「改天你請我吃東西就好了啦。」丟下這句話，我朝杜靖宇揮揮手，快步跑回補習班，但想哭的情緒卻在轉身的那一刻，徹底崩潰。

喜歡一個人，就是這麼回事嗎？

一切都很迷濛，想接近又怕被拒絕，一顆心懸在半空中，晃晃蕩蕩地好難受。

那天的理化課，我完全沒有把老師教的東西聽進耳裡，魂像飛到外太空一樣，身邊發生的一切都與我無關。

因爲拖著一身濕地進教室去上課，補習班的冷氣又冷得讓人直打哆嗦，回家後，我發了高燒，躺在床上昏昏沉沉地睡了兩天。

我不緊張功課進度落後，倒是我爸跟我媽，成天叨唸個不停，好像我生個病是我活該受苦一樣。我煩得要死，沒去上課這兩天，我躺在床上哭了好幾次。

整天念書，我已經厭煩了，爲了升學，我放棄的東西難道還不夠多？不看電視、不煲電話粥、不逛街、沒有任何娛樂生活，把所有重心都放在課業上，難道眞的還不夠？眞的不夠嗎？

現在居然連生個病，都像十惡不赦一樣！

我好沮喪，我存在的意義到底是什麼？我這個人活著又有什麼價值？

到底什麼時候，我才能像杜靖宇那樣，隨心所欲做自己喜歡的事，確切地讓人看見我的存在，不僅僅只是靠成績單才能證明。

「妳好點沒？」請病假的第二天晚上，邱昱軒來我家看我，一見面，他就關心我的身體狀況。

「燒退了。」看見邱昱軒，連續兩天來鬱悶的心情終於稍稍褪去，我淡淡地揚起笑容，「應該明天就可以去學校了。」

「喏，這個給妳。」邱昱軒遞給我幾張A4的紙，上面寫了一堆密密麻麻的字。

「是什麼？」我看著紙上的字，是理化的重點整理。

「理化重點，我今天晚上上課時整理的，上次我沒去的那堂課重點，我也跟同學借來抄了，我想妳那天身體可能不舒服，說不定沒抄到筆記，就順便整理一份給妳。」邱昱軒貼心地說。

「邱昱軒，你眞是個好人。」我眞心地說。

邱昱軒盯著我，看了幾秒鐘。

「好好的，妳生什麼病？」他說。

「還不就跟你一樣，趕流行啊。」

「神經喔！妳看看妳，才生病兩天，整張臉就變尖了，都沒吃東西嗎？」邱昱軒觀察入微地蹙著眉說。

的確，這兩天，我胃口總是不好，不知道是感冒的關係，還是心情不好沒食欲。

「有嗎？」我故意裝作若無其事地摸摸自己的臉，擠出微笑，「瘦才好啊，你不知道現在流行骨感美女呢，大家都一窩蜂搶著減肥，大把大把的錢都當成廢紙一樣亂撒，我不用花錢就瘦下來，眞的是賺到了。」

邱昱軒望著我，並沒有因爲我無厘頭的一席話而被逗笑。

「並不好笑耶，張詠恩。」他說。

「是嗎？」我收起嘻皮笑臉，換上一張豎著眉的晚娘面孔，瞪著他，「是病毒在你生病的那幾天，把你的幽默感吃掉了嗎？」

這會兒，邱昱軒反而笑了。

「這句比較好笑，張詠恩。」

「你眞的是神經病耶。」我斜睨了他一眼，受不了他誇張的笑，忍不住抓起一顆抱枕丟向他。

邱昱軒擋下我丟過去的抱枕，用手抓著抱枕的一角，開始朝我襲擊，我邊躲還邊找了另一顆抱枕當武器，開始絕地大反攻。

就這樣胡鬧了一陣後，邱昱軒先舉白旗投降。

我裝作沒聽見他在那裡一直叫「停停停」的聲音，乘勝追擊地拿抱枕朝他猛K，像跟他有八輩子仇恨一樣。

邱昱軒搶過我的抱枕，糾著眉看著早就笑彎腰的我說最毒婦人心。

經過這一陣笑鬧，連日來那股壓在心頭的悶氣，奇蹟似的一掃而光。

「妳笑起來好看多了。」邱昱軒突然沒頭沒腦地冒出一句我聽不懂的話。

「什麼意思？」

邱昱軒笑而不答，他伸出手，揉了揉我的頭，將我一頭梳得整整齊齊的頭髮揉得亂七八糟。

「邱、昱、軒！」我跳起來準備復仇。

邱昱軒卻站在我面前哈哈大笑起來。

「張詠恩，妳活蹦亂跳的樣子，眞的比較可愛，妳下次心情不好記得要跟我說，不要一個人胡思亂想，妳整張臉皺在一起的樣子好醜喔！」

我原先高張的氣勢，在聽見邱昱軒說的這些話後，瞬間全洩光了。

爲什麼邱昱軒只要一眼就能看穿我心情的好壞？即使我再怎麼努力僞裝，好像仍逃不過他的眼睛，這到底是爲什麼？

當然後來，邱昱軒還是沒告訴我爲什麼他可以一眼就看透我，他只是朝我揮揮手，說他想回家了，卻將這個無解的大問號留給我。

▽▽妳的心是一座巨大的迷宮，我不斷地在裡面迷失，一次又一次地闖入悲傷的絕境，沒有指標的路徑，我不知道哪個方向才能通往出口。△△

除了邱昱軒，另一個關心我身體狀況的人，是杜靖宇。

病好了重新上課的第一天，我在抽屜裡看到一張從筆記本裡撕下來的紙，摺得四四方方，上面寫著我的名字。

連續兩天經過你們教室，妳的位子都空著，問了你們班上的人，才知道妳請病假，是那天淋了雨的關係嗎？我覺得很內疚，那天不該拖住妳，要妳陪我發傳單的。妳好點了嗎？其實我一直掛念著，希望妳趕快好起來。

杜靖宇

豪邁不羈的字跡就像杜靖宇的個性一樣，在打開信，看到署名的那一瞬間，我的心臟「咚」地震了一下，像落到深深的井裡一樣，胸口揪緊了幾秒鐘。

而後，我又將信反覆看了三次，眼眶有些灼熱，這對我來說，是不是上天給的一道幸福訊息？還是我內斂的感情，終於讓老眼昏花的月老看見，於是有了令人欣喜的回應？

上課的時候，我把新買的，紙面上印著可愛圖案的筆記本攤開，講台上歷史老師講課講得口沫橫飛，我卻低著頭，握筆對著筆記本發呆，腦袋裡不斷思考該怎麼回信給杜靖宇，只是心裡千言萬語，手卻沉重得不知該如何下筆，一整堂課下來，我只寫了一個「我」字。

我也不是要寫什麼文情並茂的情書給他，可是不知道爲什麼，即使只是要回封信告訴他我一切安好，身體沒什麼大礙之類的，也不知道該用什麼樣的語調，寫得太輕描淡寫好像顯得我冷淡，不把他的關心當一回事；寫得太熱切又怕引發他太多遐想，眞的好難喔。

努力了兩堂課之後，我決定放棄了，第一次感覺自己學了那麼多年國文，卻在眞正需要的時候發現肚子裡一點墨水也沒有。好諷刺，我可是學了十幾年中文的堂堂正正的中國人呢！

午休準備吃午餐時，我才剛從值日生手上拿回蒸好的便當，正要走回座位時，忽然瞥見杜靖宇他們一群人浩浩蕩蕩地從我們教室外的走廊走過。杜靖宇走在最前面，看見我，他臉上淡淡地揚起笑容。

我慌忙地低下頭，有股麻麻的熱氣從心底蔓延到臉上來。

坐在座位上，我的呼吸還是沒有辦法馬上平穩下來，心臟好像快要跳出來，把左手放在胸口的位置，很明顯感覺心跳的震動。

整個人被杜靖宇的信，以及他那個懾人魂魄的微笑給弄得毛毛躁躁。

原本生了病後就已經不太好的胃口，這會被搞得更沒食欲，整顆腦袋轉啊轉的，總繞著杜靖宇旋轉，於是我胡亂地扒了幾口飯，就把便當盒蓋蓋上了。

走出教室外，打算到洗手檯去洗個手，一走出去，卻看見杜靖宇一個人倚在我們教室旁的樓梯扶手邊，一對有著漂亮雙眼皮的眼睛，一瞬也不瞬地定在我身上。

我被這意想不到的畫面給嚇到，呆站在原地，一時間不知道該作何反應。腦袋都空掉了。

「過來一下。」杜靖宇朝我招招手，我卻還是一動也不動地傻著。

杜靖宇等了幾秒鐘，再度對我招招手，「快過來啊，不然等等被妳同學看到，又要亂講些有的沒的了。」

杜靖宇這句話打醒了我，於是我跟在他身後，走到四樓通往五樓的樓梯間，五樓是頂樓，平常沒什麼人會到這裡來。

「妳好點了沒？」杜靖宇的語氣裡滿滿的關心。

我點點頭，燒是退了，不過卻開始嚴重地咳嗽，昨天夜裡我幾乎都沒睡，咳嗽咳到簡直快喘不過氣，眼淚都給逼出來了。

「妳臉色很蒼白，有咳嗽嗎？」杜靖宇溫柔的語調敲在耳邊，搞得我又不自在起來，整顆心飄飄的，搆不著底。

是不是他對女生都這樣？總是溫柔得讓人毫無招架之力？

「有沒有咳嗽？」見我又開始神遊太虛沒有反應，杜靖宇再追問一次。

我又是點頭。

「這個拿去吃，是維他命C，還有這個，喉糖，涼涼的，治咳嗽有用。」杜靖宇塞給我一個長條型的鐵盒，還有一個圓扁的盒子。

我拿著這兩樣東西，想要拒絕他，舌頭卻像打了死結，怎麼都發不出聲音來。

「對不起，害妳感冒，這兩天我好擔心喔。」杜靖宇看看我，笑了一下，微笑裡有靦腆的溫柔，「今天看到妳回來上課，我就比較放心了。」

我想我的臉一定又紅了，杜靖宇說的這些話，算不算是在告白？

我沒被告白過，而且書上的告白方式好像也不是這樣，他沒跟我說喜歡我，也沒跟我說什麼要照顧我之類的噁心話，可是聽見他的話，有股高興的情緒迅速地從心底飛起來，我覺得我好像快暈倒了，腦部缺氧得好嚴重。

「妳……妳還好吧？怎麼看起來好像快昏倒的樣子？」杜靖宇說著說著，就往我的方向前進了幾步。

我連忙提起右手，直直地伸長手臂，像要阻擋他靠近我一樣。

「杜靖宇，你……你不要動！」你要是再走近一步，我恐怕就眞的要昏倒了。

心臟已經不受控制，它跳動得好劇烈；身體也不受控制，整個人飄飄忽忽，什麼感覺都不眞實似的，是感冒的後遺症嗎？

忽地，我的喉嚨一陣搔癢，先是小小地咳了幾聲，之後就開始沒命似的狂咳起來，我蹲下身子，額頭沁出冷汗。

心裡覺得很丟臉，怎麼在杜靖宇面前丟了形象。

杜靖宇看我咳得嚴重，連忙衝到我身邊來，先是輕輕拍著我的背，後來他看這樣好像一點作用也沒有，只好從我手中把喉糖盒拿過去，七手八腳地慌忙拆了盒蓋上的透明封套，取出一顆喉糖，要我吃了它。

但喉糖畢竟不是仙丹靈藥，吃了還是不停地咳，我一手扶著額頭，一手壓著自己的胸口，痛苦得想拿把刀抹脖子。

「妳等我一下，我馬上回來。」杜靖宇說完就站起身跑掉了。

我還是蹲在原地咳嗽，好難過喔，這就是淋雨後吹冷氣的懲罰嗎？

沒多久，我聽見一陣跑步聲由遠而近。

「趕快喝，是開水，喝了會舒服一點。」杜靖宇拿了個保特瓶，裝了一些水，瓶子上還有氤氳霧氣，水是溫的。

杜靖宇溫柔地幫我打開瓶蓋，把瓶子遞給我，接著又怕我誤會什麼似的說：「瓶子是乾淨的，我剛才跑去福利社買礦泉水，把裡面的水倒掉，然後去導師室跟老師借飲水機倒溫水，妳咳成這樣，不喝溫水不行。」

我順從地喝了水，溫潤的水滑過我的喉嚨，沖掉喉間搔癢的感覺，卻怎麼也沖不掉心裡那份發癢的騷動。

喜歡一個人的感覺，就像有人拿了片羽毛，不停地搔著你心頭，你感覺到了，卻抓不到癢處，於是只能祈禱一切能撥雲見日，不會再這麼倉皇失措地茫無頭緒，但這就是過程，喜歡一個人的艱澀過程。

▽▽愛情裡，我們分居不同座標，我遠遠望著妳，想移動自己的身子，朝有妳的那頭大步邁進，但一次次挫敗後，才發現原來我們處在不同的愛情象限裡。△△

「好點了嗎？」杜靖宇站在我面前，看起來很豪氣的一對濃眉微微蹙著。

我點頭，握著瓶子的手還有點發抖，應該是緊張的關係，面對杜靖宇，我很難放輕鬆。

不過溫開水下喉後，已經稍微止咳了。

「妳有沒有去看醫生？咳得這麼嚴重，不去看醫生不行。」杜靖宇臉上有很深的關切。

我又是點頭，醫生是看了呀，只是感冒藥卻是有一餐沒一餐地沒按時吃。

「要吃藥啊！」杜靖宇跟著叮嚀：「咳嗽很麻煩的，妳又咳成這樣，真讓人……」

讓人怎樣？

我望著杜靖宇，他卻不說話了，低著頭，我隱約看見他臉上泛起淡淡的紅。

我很想開口追問，但根本就緊張得說不出話來，於是只能這樣瞪大眼盯著他看。

「呃……」過了幾分鐘，杜靖宇才又出聲：「我還欠妳一餐，妳記不記得？」

「有嗎？」沉默許久的我，終於鬆了舌頭的結，開口說話。

「發傳單那天，妳不是不收打工費，叫我改天請妳吃東西就好？」

「喔。」我點頭，記起來了。

「找一天我請妳吃飯好不好？」杜靖宇說這話時，語氣之誠懇，真的很難想像他是那種不用功，又打架鬧事的男生。

我呆了幾秒鐘，才輕輕點頭，腦袋裡卻開始不安分地胡思亂想起來，啊！要跟杜靖宇去吃飯哪！我會不會緊張到食不下嚥？會不會走路都同手同腳？我會不會說話都口吃，還是會根本就像啞巴一樣有嘴卻說不出話來？

「那說定了，我會再跟妳約。」他又說。

我還是點頭。

「那我先走了喔，肚子餓死了，午餐都還沒吃呢，走了喔，拜。」說完，杜靖宇像陣風一樣地跑掉了。

我站在原地，看著他瞬間消失的背影，心裡溢出淡淡的失落感。

日子持續平淡地過下去，一堆大考小考壓得我喘不過氣，咳嗽也慢慢好轉，不再呼天搶地像得了肺癆一樣。

杜靖宇送我的維他命C早就吃完了，喉糖也所剩無幾，但我每天還是隨身帶著那兩個空盒，應該是一種心理作用吧，我想把杜靖宇的關心一直一直帶在身上，讓自己永遠記得曾經被他放在心上在乎過。

杜靖宇還是每天跟他那群哥兒們在校園裡晃來晃去，偶爾我們碰面時，他會丟給我一個開朗的微笑，但每次我都會倉皇失措地躲掉他的注視，我覺得自己好懦弱，明明是那麼喜歡他，卻又沒有直視他的勇氣。

每每想起樓梯口的那場短暫交會，總覺得像是一場極不真實的夢，我甚至懷疑杜靖宇是不是眞的曾經開口跟我訂過一起吃飯的約定。因爲之後的一切，就像回歸原點一樣，我們還是原來的自己，各自在自己的世界裡過生活，沒有任何交集，我也沒再收到他的隻字片語。

五月，邱昱軒的媽媽病了。送到醫院檢查的結果，是糖尿病。

聽說是邱媽媽在打掃房子時，腳趾不愼弄傷了，傷口卻過了兩個星期還沒有辦法完全癒合，有時不小心一碰到，就又開始流血。

邱昱軒不曉得在哪裡看到有關糖尿病的資訊，直覺邱媽媽的症狀跟書上所指的有些類似，於是強迫邱媽媽去醫院檢查。

報告出來時，果然如邱昱軒所猜測的，是糖尿病。醫生說邱媽媽受傷的那根腳趾已經壞死，必須切除。

「好嚴重喔。」我聽見消息時，瞳孔瞬間放大了三倍。

「沒有辦法啊，不切除的話，壞細胞如果一直擴散，恐怕整隻腳都要切掉。」邱昱軒無奈地說。

「那……什麼時候要動手術？」

「醫生是說星期五要動手術，我媽怕得要命，愁眉苦臉的，哀怨得要死。我爸跟我說，我媽前天晚上還躲在棉被裡偷哭。」邱昱軒笑著說，但我其實看得出來他很擔心。

「會OK的啦，不要擔心。」我拍拍邱昱軒的肩膀，豪氣地說，但這句話卻像威力強大的咒語，瓦解了邱昱軒臉上的堅強。他不說話的表情，看起來很嚴肅，眉頭就算不緊皺著，整個人也不由自主地散發出濃濃的憂鬱感。

「我外公……」許久，邱昱軒才轉過頭來看我，眼睛裡有深深的無奈，「也是糖尿病走的，從我有記憶以來，就老是看到我外公苦著一張臉。他從來不笑，雖然對我很好，會拿糖給我吃，卻從來不對我笑。他大概很痛苦吧，一個禮拜洗腎三次，也因爲行動不方便而必須坐在輪椅上，他對人生只剩下絕望，後來因爲視網膜病變失明了。有一天，他睡著之後就再也沒醒來過。」

他沉默了幾秒鐘，又接著說：「那個時候我才七歲，什麼都不懂，卻是第一次對死亡感到恐懼。外公離開了，我好難過，那是我第一次失去親人，我沒有像我媽或是我阿姨她們哭得那麼傷心，那時我只隱約知道，我再也不可能見到外公，也不可能再聽見他親切地喊我的名字，或趁爸爸媽媽不注意的時候，偷塞一顆糖果給我。」

邱昱軒把頭轉過去，望著黃昏紫紅色的天邊。

「我不是沒有哭，但每次想哭時，就會想起外公跟我說過的：『你是男孩子，要勇敢點。』所以外公離開後的那一段時間，我常躲在棉被裡哭，大家都以爲我很堅強，其實我比任何人都脆弱，那時我告訴自己，長大我一定要當個醫生，我要盡力減少這種死別的痛苦，雖然這段路很辛苦，可是我相信只要一步步去走，一定可以走到。」

這是我第一次聽見邱昱軒對我說他的人生志向，看著他堅定的神情，我知道邱昱軒不是說說而已，他向來不是那種隨口許諾的人。我心裡很震撼，當我對自己的未來還毫無頭緒時，邱昱軒卻早在七歲就知道自己的人生目標。

我站在邱昱軒身邊，不知道該怎麼接話，那些沒創意的安慰，說起來老套又無謂，而且邱昱軒他比我懂事得多，根本不需要多聽那些廢話。

「如果，邱昱軒我是說如果啦，如果你需要我，你不要忘記，我就在你身邊。」我的聲音細如蚊鳴，心裡怪不好意思的，講這麼感性肉麻的話，等等一定會被邱昱軒笑。

但我等了一會，邱昱軒卻沒有任何反應，我好奇地抬起頭，只看見邱昱軒眼眶紅紅的，然後他在我毫無防備的情況下，抱住了我。

「張詠恩，這是我一次任性的要求，請妳，讓我靠一下就好……」邱昱軒把他的下巴抵在我的肩頭，我的心臟撲通撲通地劇烈鼓動，感覺好像快從嘴巴跳出來，手腳都麻掉了。

「我其實很害怕、很害怕，我很擔心我媽媽會像我外公一樣離開我，在確定我媽的病的時候，我感覺好像天要塌了，我覺得老天爺很愛跟我開玩笑，總是在我還來不及長大，還來不及當醫生的時候，讓我身邊的親人，一個一個染上重病，我很急，可是又能怎麼辦？我沒有辦法改變現實……」

邱昱軒哭了，他並沒有哭出聲音，但我左肩的衣服卻緩緩地被濡濕，我知道現在說得再多都無益，那些安慰言語，非但阻止不了邱昱軒的悲傷，更有可能加深他心裡的沉痛。

於是我只能用自己的手，輕輕拍拍他的背，就像我小時候每次哭泣，他安慰我時那樣。

▽▽竭盡心力地去討好妳，即使得不到對等的回應，那又怎麼樣呢？愛情的世界本來就沒有所謂的公平，喜歡是一種難戒的習慣，我習慣不公平的喜歡。△△

一直以來，邱昱軒總是給我一種很透明的感覺，他從不掩飾心情的變化，簡單透明得一下就能看穿心思，他的個性溫和，除了感情的事之外，他對別人的請託通常都來者不拒。印象中，我幾乎沒看他生氣過，微笑也總是掛在臉上，遇到無奈的事，他常是聳聳肩就過去，情緒不會過度起伏。

但現在我才知道，無論他再怎麼勇敢，終究也還只是個孩子。

看著他的無助，我才知道，原來他也會寂寞，也會哭泣。

從小到大，不管我的心情好或不好，邱昱軒總是在我身邊陪伴我。我哭了，他會安慰我；我生氣，他會逗我笑；我情緒低落，他會幫我加油打氣；我遇到開心的事，他會比我還開心……

可是現在他心情不好，我卻不知道該說些什麼才能安慰他。

「邱昱軒，你……你不要哭，一切都會好轉的……」躊躇了半天，我只能冒出這句話。

心裡很慌亂，那個始終是我精神支柱的邱昱軒現在看來如此脆弱，使得我不知所措，萬一他突然崩坍掉，那我該怎麼辦？

太依賴邱昱軒，我知道這樣很不好，可是那是一種習慣，很難戒除，就像一個人習慣過夜生活，你突然叫他早睡早起作息規律一樣，那是很難的。

邱昱軒抱著我哭了很久，久到遠方的天色都變成深深的靛藍色，不過邱昱軒可能不想讓我看見他臉上有眼淚的拙樣，所以當他又抬起頭來看我時，臉上已經看不出哭泣的痕跡，悲傷的情緒也重新隱藏好，像什麼事都沒發生過一樣。

「走吧！回家了。」這一刻，邱昱軒又對我笑，像平常那樣，展顏舒眉，彷彿沒有惱人的事憂煩過他，而望著他，我卻有些恍惚。

我不喜歡這樣，邱昱軒可以勇敢，但他不用勇敢給我看，想哭的時候不應該勉強自己笑，脆弱無助的時候，也不必非要撐起僞裝堅強的面具！我不是他外公，我不會叫他一定要勇敢，就算他在我面前哭，我也不會笑他。

「怎麼了？」大概是我憤恨不平的表情，引起邱昱軒的注意，他好奇地停下腳步回過頭來看我，「生什麼氣？一臉全世界的人都欠妳錢的表情！」

「邱昱軒，你幹嘛要勉強自己啊？」

「勉強自己什麼？」

「你明明就心情不好，幹嘛要裝出若無其事的樣子？難過想哭時就掉幾滴淚，那是很正常的啊，我又不會笑你。」我一生起氣來，口氣就變得很衝，音量也會放大。

邱昱軒盯著我的臉看了幾秒鐘後，還是淡淡地笑了，可是他身上的落寞卻灑了一地。

「我心情是不好，可是我不希望自己的情緒影響別人，很多事發生了就沒辦法改變，就算我哭也無能爲力。我只希望自己身邊的人都快快樂樂的，我不想成爲任何人的負擔。」

「我才不是任何人！」我氣得全身血液都沸騰起來，雖然我搞不清楚自己幹嘛這麼大反應，但我就是很生氣，有種被邱昱軒排除在外的挫敗感。

「你不要把我歸類在你那些張三、李四的朋友裡，我們認識又不是一天兩天的事。」我頓了頓，又繼續說：「我們從小一起長大，你是我最好的朋友，在我面前，你就不能坦白一點嗎？不管我心情好壞，我都會讓你知道，我覺得情緒的分享不是一種負擔，能有難同當，才是眞正的好朋友。」

站在我面前的邱昱軒低下頭，我看不見他臉上的表情，也不知道我這番話對他會不會有什麼影響，可是我才不管，好朋友之間本來就不該有任何隱瞞，有話就說，才不會彼此猜來猜去的，把距離越拉越遠。

「我只是不想要妳擔心。」邱昱軒的頭還是壓得低低的，聲音像沒有重量的羽毛，輕飄飄的。

「難道隱瞞就會好一點嗎？我不喜歡這樣，邱昱軒，這樣會讓我感覺自己不被你重視，沒有辦法分享心裡所有祕密的朋友，算什麼好朋友？」

我的聲音拔高幾度，心裡有股淒涼的悲哀，我不希望邱昱軒把我定義爲酒肉朋友，跨不進交心的那個層次。

「不是，不是那樣啦！」邱昱軒急忙解釋：「就是因爲太在乎妳，才不希望把我心裡的重擔，壓在已經不太快樂的妳身上，我不希望妳不快樂……」

謎底的揭曉令我愕然，雖然答案不完全出乎意料，卻想不到這麼快就會被揭穿。

而坦白了，卻只是加深更多天馬行空的臆測，於是尷尬的氣氛就這樣聳立在我們面前，緊綳的空氣層層裹住我跟邱昱軒，所有該說的、不該說的話，也全都癱瘓在沉默裡。

我是自己活該，沒事幹嘛這樣逼邱昱軒，惹得他說出這麼引人遐思的話。

在乎分兩種，純友誼跟不完全單純的。

只是我不知道邱昱軒是屬於哪一種。

我當然也懷疑過邱昱軒對我的感覺，那些異常的關心跟照顧，眞的只是單純的好朋友嗎？

以前年紀小，什麼都不懂，他對我的好，我視之爲理所當然，畢竟兩個人認識這麼久，再怎麼樣也算是有一份革命情感。

人總是這樣，別人對你好，一開始會覺得感動，時間久了，就不自覺把那些被捧在手心呵護的感覺視爲理所當然。

有一天當對方突然不想再對你好，轉身離開，你卻開始呼天搶地指責對方負心、埋怨對方有多麼對不起你。

可是，對你好，難道是他應盡的責任嗎？人，就是犯賤！

握在手心的，不會珍惜；從手裡掙脫逃走的，又開始不甘心地咒罵！

我承認我是自私的人，我利用邱昱軒對我的好，來塡補心裡那一個又一個坑洞，那些現實生活中的不順心，還有因爲邱昱軒的關係被一些同性同儕排擠，而產生的各種大大小小坑疤。

但是我再怎麼笨，也不可能對邱昱軒的付出無知無覺，也許他對我的感覺，還沒有嚴重到把我當成他的未來目標，或者像小說裡說的那種愛到刻骨銘心、沒有我就活不下去的境地，可是任誰都能看得出，他是在乎我的。

我也知道這一點，只是兩個人之間，一直曖曖昧昧的，誰都沒有點破，也沒人有勇氣大膽地跨出那一步。

再怎麼說，我們年紀都還太小，才國二的年紀，要是眞談起戀愛來，就算他家沒有意見，但我家必定會大鬧革命，到時我斷臂或斷腿應該只是意料中的事。

可是現在我的心，早已經不再像以前那麼單純，當杜靖宇意外地撞進我的心裡後，邱昱軒對我的好，就開始變得微不足道。和杜靖宇比起來，邱昱軒就像砂粒般渺小，我無法放大他對我的關心，卻不斷不斷不斷地誇張杜靖宇對我偶有的關注。

不是我存心要這麼不公平地對待他們兩個人，但很多事情都是沒有道理的，我也不知道自己心裡的那座天秤，爲什麼會失衡地向一邊傾斜，就算另一邊加了再多砝碼也難以平衡。

都沒有用啊！

心已經偏了，就算千軍萬馬也拉不回原點了……

▽▽妳說偏了的心，是無論再怎麼努力，也拉不回原點的。我想我明白妳想說的話，就像我對妳的感情，把妳裝在自己的左心房裡，卻在右心房塞滿寂寞。△△

邱媽媽開刀的那一天，我在學校收到杜靖宇寫給我的第二封信。

不知道該怎麼稱呼妳，我沒有辦法像別人那樣自然地叫出妳的名字，因爲我覺得除了這個名字之外，應該有個更適合妳的稱呼，在我心裡，妳的存在遠比這三個字來更有意義。

如果張詠恩是別人稱呼妳的方式，那我希望，我可以用更與眾不同的方式叫妳，要跟別人不一樣，才顯得出我的特別，是不是呢？

胡亂說了一堆，希望不會造成妳的困擾，寫這封信的眞正目的，是要告訴妳，該是實現我們的約定的時候了，過完這個暑假，妳就要升三年級，課業會變得更重，雖然我眞的不知道讀那麼多書對妳有什麼意義，可是我總不能鼓勵妳蹺課，或像我們這樣一天到晚鬼混吧！

所以趁課業沉重得壓得妳抬不起頭、直不了身之前，我們就先敲個時間去享受人生，吃頓美食吧！

下星期六，早上十點半，好不好？我們就先約在校門口見，再決定要去哪裡吃東西。

如果妳那天不行，再跟我說，寫信或請人傳話都可以，只要不放我鴿子就好了。

杜靖宇

我拿著信的手，又很沒志氣地顫抖起來，仔細閱讀杜靖宇信上的字字句句，深怕遺漏掉什麼重要的部分，我的心揪得好緊好緊，有種興奮的情緒在胸口像要爆開來一樣，我開心得想哭。

杜靖宇信上前半段的意思是什麼，我並不能完全明白，又是一場告白嗎？我希望是，可是左看右看，還是沒看出任何明確表達情意的語句。

好吧！就姑且當作杜靖宇是在對我告白好了，光是這樣想，也能讓我的人生充滿希望，我實在是太容易滿足了，一顆心裡只容得下杜靖宇，他隨便一句話都能讓我上天堂，或下地獄。

杜靖宇的字很飄逸，看得出是擅長寫毛筆字的那種筆法，讓我覺得驚訝的是他寫信的文句，通順得讓人感覺他似乎頗有文學造詣。

這眞的不是我大驚小怪，實在是因爲很多像我們這些新時代的小孩，寫篇作文錯字一堆、文句不通，又愛用一大堆注音文，重點是連標點符號都標得亂七八糟，該逗點的時候，來個句號；該句點的時候，來個三點的半刪節號，爲什麼說三個點是「半」刪節號？其實刪節號是六個點，只是不知道爲什麼，大家都習慣用錯誤的三個點，積非成是的結果，居然也被廣爲接受了。

那封信先是被我夾在歷史課本裡，上歷史課時，我一想到就翻到夾信的那一頁來看一下，一堂課下來，大概也看了十幾次；後來它又被我夾進國文課本裡，又被我反覆看了許多次。

那一天，每上一堂不同的課，那封信都會跟著被我移到那堂課的課本裡頭。只是不管看多少次，心頭那份緊張興奮的情緒，始終久久不散地一直充塞在心頭，滿滿的，像隨時都要溢出來一樣。

我回了張短短的紙條，上面寫了「不見不散」這四個字，我實在沒有辦法像杜靖宇一樣，信手拈來就行雲流水，這四個字還是我不知道揉掉多少張紙，才覺得寫得滿意的呢。

然後我像偵探一樣，每節下課都埋伏在杜靖宇可能經過的地方，雖然撲了好多次空，但終於還是在放學前，將紙條送到他手上。

我沒有看杜靖宇拿到紙條時的表情，只是急急地衝上前，把紙條往他手裡塞，接著又像火燒屁股一樣地急急掉頭跑掉，整張臉紅得像全身的血液都集中在臉上，耳朵聽不見其他的聲音，只聽見心臟跳得緊急的鼓動聲；腳也好像不是自己的，跑步跑得像踩不著地一樣，感覺自己要飛起來似的。

從那天開始，我時時刻刻都在期待下星期六的來臨，既興奮又緊張的我，常常處於神遊太虛的狀態，還時常不自覺地傻笑。

我聽我媽說，邱媽媽的手術還算順利。邱昱軒向學校請了三天假去醫院陪他媽，沒有邱昱軒陪我一道上下課，說實在還滿孤單的。

那天我對邱昱軒大吼大叫過後，隔天兩個人都很有默契地不再提前一天發生的事，那些不愉快的記憶就讓它隨風飄走，沒有記住的必要。

事後我也眞的覺得自己那天太小題大作了，邱昱軒老是在爲我著想，而我卻一直對他耍任性。

他對我的態度，別人不懂沒有關係，但如果連我自己都裝傻說不懂，那也眞是太傷他了。

我那天是一時氣昏頭，才對他口不擇言，也不是有意要說一些尖銳的話去戳傷他。看他露出一臉受傷的神情，我心裡也著實不好過。

有時我眞的很氣自己，老是這麼任性，老是把身邊眞正關心自己的人刺得傷痕累累才罷休，這樣做明明就沒有任何建設性。

不熟識的人，不管說出多惡劣的言語，我都忍氣吞聲地不去回應，連跳出來反擊的勇氣也沒有；但身邊親近的人，只要說幾句逆耳的忠言，我就像被踩到尾巴的貓一樣，跳起來朝那個人的弱點拚命攻擊，一點都不留情。

人就是這樣，往往帶給自己身邊最親近的人，最多的傷害。

▽▽妳說妳不知道該怎麼做，才能把對我的傷害降到最低。只是，從來就沒有人強迫我去喜歡妳，愛情的發生是一種機率性，而妳剛好就是我的機率。△△

隨著跟杜靖宇約會的日子逐漸逼進，我整個人的情緒就越亢奮，邱昱軒發現我的異狀，頻頻問我是怎麼了。

邱媽媽的手術成功，邱昱軒也就不再那麼擔心，白天是邱昱軒的阿姨幫忙到醫院照顧邱媽媽，下午下課後，邱昱軒會去接替他阿姨，晚上再由邱爸爸去換邱昱軒回家。

總之，曾經稍稍偏離軌道的一切，現在又全都回到軌道上，繼續運行。

邱昱軒說，也許再過幾天，等他媽媽觀察期一過，就可以出院了，現在只擔心傷口發炎，還有飲食狀況也要注意一下，其他都沒有問題。

「妳是怎麼了？最近好像特別開心，發生什麼事了嗎？」一確定邱媽媽那邊沒問題後，邱昱軒的注意力又移回我身上來，我一揚眉、一展顏，他都能敏感地察覺到不一樣。

在他面前，我也是個透明人。

只是這次的杜靖宇事件，我暫時還不想讓他知道，私心地想保有一個任何人都不知道的祕密，把杜靖宇說過的話、他的眼神、他望著我笑的面容，小心翼翼地安放在心的最底層。

也許我跟杜靖宇，終其一生就只能這麼短暫地交會，沒有成為永恆的可能性。但是不管我將會受多大的傷害，或者也許一輩子都將淪陷在情感受傷的陰霾裡，對日後的每段感情抱持著不信任，我也不放棄自己跟杜靖宇之間的任何可能性。

邱昱軒說過，在我的性格裡，有某部分是很死心眼的。

我想，對我來說，感情就是我的罩門，又脆弱又死心眼，隨便只要用手指一戳，我恐怕就會窒息。

「什麼？」我故意裝傻。

「妳最近不太一樣，有時候好像在想什麼，整個眼神飄到好遠的地方去，有時又會一個人呆呆地傻笑。」

「有嗎？」有這麼明顯嗎？我已經盡量低調掩飾了，怎麼還是被邱昱軒一眼識破？

「嗯。」邱昱軒用力地點頭。

「沒什麼事啦，只是沒什麼壞事發生，當然就心情很好……」我的聲音越壓越低，越講越心虛，像原本氣鼓鼓的球被戳破一個洞，氣全洩光了。

「是這樣嗎？」邱昱軒雙手環著胸，挑著眉看我。

「哎唷，邱昱軒，你那是什麼嘴臉啊？」像做了什麼壞事，明明已經夠心虛了，偏偏又被抓包，於是我惱羞成怒地指著邱昱軒的鼻子哇哇大叫。

邱昱軒咯咯笑了起來，一隻手又不安分地往我頭上揉，把我的頭髮搓得亂七八糟。

「喂！邱、昱、軒，有膽你就不要跑！」我大吼了一聲後，拔腿開始追著那個早就跑離我身邊，跟我相差大約有二十步距離遠的邱昱軒。

我以為我跟邱昱軒會這樣一直一直下去，用最單純的心感應這個世界，用最單純的眼睛來看身邊的一切，不管遇到多艱困的關卡，我們都會這樣相互扶持著走下去。

我眞的是這樣以爲的，那年紀的我，根本就不知道以後會發生的事，整個人像張白紙，乾乾淨淨的，沒有什麼了不起的悲傷。絕望這兩個字只是一個虛詞，和我的人生不會發生任何關係。

直到後來，我才深刻地了解，那些走過的歲月，都不可能回來了，那些單純的快樂、簡單的煩惱，曾經令人怨聲載道的日子，在很久很久以後，都會釀成心底最甜美的一部分記憶，只是偶爾拿出來溫習時，仍會忍不住心酸地掉下眼淚。

整個星期五晚上，我都處在失眠狀態，擔心著隔天爸媽到底會不會答應讓我出門。看著窗外天色慢慢亮起來，我躺在床上，模模糊糊地想著杜靖宇微笑說話時的神情，不想沒事，一想，心跳又不安分起來。

眞討厭，我怎麼就是對他沒有免疫力？

起身到浴室去梳洗時，發現一整夜沒睡的下場，是黑眼圈加深，整個人看上去萎靡得像吸毒的人，好悲慘。

沒辦法，我只好拚命用冷水沖臉，希望等等氣色會好一點。

爲了要和杜靖宇約會，昨天晚上我還翻箱倒櫃，幾乎要把整個衣櫥的衣服全都翻出來，只爲了挑一套比較得體的衣服，最後好不容易才決定穿媽媽前一陣子幫我買的牛仔連身短裙。

下樓吃早餐時，騙家人說要陪同學去買東西，中午要聚個餐，還好爸爸跟媽媽今天心情都不錯，沒什麼刁難就答應了，只囑咐我不要太晚回家。

一到學校校門口，我才發現自己早到了，距離我們約定的時間，還有大約二十分鐘。

但我才等了一下子，杜靖宇也來了，他騎著一台銀色的機車，停在我面前，摘下安全帽時，我整個人都呆住了。

「你……你無照駕駛！」要命的道德感好死不死就這樣發作起來，我睜大眼，大驚小怪地嚷著。

要是換成別的女生，可能會帶著崇拜的眼神，用嬌滴滴的聲音撒嬌說著「哇，你會騎機車啊，好厲害喔」，或者「你騎車的樣子好帥喔！眞好，今天不用搭公車約會了」等諸如此類的話。

但我天生就不是浪漫的人，我學不來那種噁心巴拉的語氣跟話語。

「是啊，怎樣？」杜靖宇回答得理直氣壯，完全不當一回事。

「要是被警察抓到怎麼辦？」我的眉頭一定打了個死結。

「反正安全帽戴起來，不要亂闖紅燈，不要超速，就沒事了。」

我快氣死了，這個人怎麼這樣？社會亂象就是這樣開始的，他到底有沒有一點道德感啊。

「生什麼氣啊？」看見我氣鼓鼓的表情，杜靖宇倒笑得開心。

「我不要坐你的車。」我雙手抱在胸前，用很堅定的口氣說著。因爲生氣，我倒是忘了緊張。

「不會怎樣的。」杜靖宇再次保證。

「不要就是不要。」我固執起來，「法律規定的事就該遵守，這種簡單的規矩，你到底懂不懂？」

「妳眞的很適合當老師耶，三句話裡面就有一句是說教的，眞受不了。」杜靖宇嘴裡雖然說著受不了，臉上卻毫無慍色，依然是笑。

我沒說話，瞪著他看，眼裡充滿肅殺之氣。

就這樣，我們僵持了幾分鐘後，杜靖宇舉雙手投降了。

「好好好，我輸了。」杜靖宇一臉無奈，「碰到妳，我眞的是完全沒輒，妳是存心來剋我的就對了，是吧？」

然後杜靖宇把車子騎到學校旁的騎樓下，仔細地上了鎖之後才走向我。一直到現在，我才看清楚杜靖宇的穿著，一條看起來像新買不久的牛仔褲，上半身穿了件白色的Polo衫，腳下踩著黑白相間的Nike球鞋，簡單清爽。

完了！我的心跳……唉！

▽▽心一旦有了缺口，就很難再癒合成原來模樣，儘管我再怎麼竭盡心力掩飾、隱藏，仍無法阻止不斷從缺口裡汩汩流出的，那些想要給妳的溫柔情意。△△

走路到公車站牌的整段路上，我整個人慌慌張張的，手腳都不知道要怎麼擺才自然，好幾次還左右腳互相絆到，差點摔跤。

「妳小心點啊，萬一摔倒了，整張臉摔壞了，要怎麼辦？」每次都是杜靖宇出手拉住我，我才沒眞的跌倒。

杜靖宇這個人看起來像個粗神經的傢伙，沒想到還滿細心的，走在路邊，他會把我拉進內側，自己走在比較危險的外側。

我嘴裡不說，但心裡的感動與好感，卻一吋吋往上攀升。

一路上，我們兩個人有一搭沒一搭地聊天，通常都是杜靖宇問我話，我才回答他，要我主動找話題，乾脆要我的命算了

「妳可不可以不要那麼緊張？」站在公車站牌旁，夏季的風輕輕地吹拂著，柔柔暖暖的很舒服。

杜靖宇挑高眉，微笑看著我，他的話讓我有些窘，怎麼……給他看出我的緊張？我已經很努力地鎮定自己，怎知一對上他的眼睛，就全都功虧一簣！

「有嗎？」我緊張地拉拉自己的裙角，手心裡沁滿汗水，額上的髮際間也微微濡濕了。

「妳不知道妳剛才走路有點同手同腳嗎？」他又是笑。

喔！我的天哪！我擔心的事果然還是發生了。

我真的不知道要怎麼克服自己的心理障礙，面對杜靖宇，我就完全不能自己，會緊張、會高興得發抖、會手腳冰冷、會手心冒汗、會不知所措……只要看著他，或是他一靠近，我就會出現一堆奇奇怪怪的反常症狀。

「妳到底在緊張什麼？」杜靖宇把雙手背在身後，突然把臉湊到我眼前來，我們彼此的臉只有大約五公分的距離，他微笑著說：「我太靠近，會把妳嚇昏嗎？」

我尖叫一聲，像是遇到毒蛇猛獸似的往後跳一大步。

杜靖宇哈哈大笑起來，我則哀怨地瞪了他一眼，這人怎麼老是以捉弄我爲樂？

「我有這麼可怕嗎？妳幹嘛好像看到鬼一樣？」杜靖宇問，然後也不招呼我，逕自在站牌旁挑了個位置，也不管椅子上髒不髒，一屁股就坐下去。

他坐好後，才從褲子口袋掏出一包面紙，拿出一張來，專注地擦拭著他身旁的位置。擦拭過後，他對我招招手。

「來，我擦過了，妳來坐一下，公車不知道什麼時候才會來，站著等腳會酸。」

我緩慢地走過去，安靜地坐下，但仍刻意和杜靖宇保持一個人寬的距離。

「妳坐那麼遠做什麼？我又不會吃了妳。」杜靖宇仍然好笑的看著我。

「我……我會害怕啊……」我吶吶地說著。

「怕什麼？」

「怕你。」我老實回答。

「因爲我是壞孩子？」杜靖宇從眉毛到唇邊都揚著笑意。

「不是。」我急急搖頭，「是你身上有股太危險的氣質，我會怕……」

杜靖宇楞了幾秒鐘，不笑的正經模樣，讓人覺得好嚴肅。

「其實眞正該害怕的人是我，妳知道喜歡一個人的心情嗎？那種感覺就像在高空走鋼索，一不小心就會從上面摔下來，跌得粉身碎骨，雖然忐忑不安，但你又沒辦法不讓自己淪陷，很矛盾也很掙扎，但越掙扎就只會讓自己陷得越深，喜歡一個人根本就不需要什麼理由……每次面對妳，我就會有這種感覺……」依然是雲淡風輕的語氣，像在說一件事不關己的事情。

我的腦袋卻轟隆轟隆得像被轟炸機襲擊一樣，他的話，把我搞得昏昏沉沉的。

現在是怎樣？

這個是告白嗎？是不是呢？

他的話裡終於出現「喜歡」這字眼，所以，應該是告白，沒錯吧？

我整個人像被抽空了一樣，感覺不到周圍的一切，人潮的流動、微風吹拂的舒爽、麻雀吵鬧的吱喳聲……全部都聽不到了。

我沒有轉頭去看我身邊的杜靖宇，不知道他現在是什麼表情，兩個人就這樣一直沉默著。

後來，我感覺自己的手被一個溫暖的手掌裹住。

「快點啦，公車快跑了。」杜靖宇嚷著，把我從椅子上「拔」起來，衝向停在我們面前的公車。

我被杜靖宇拖著走，他掌心的溫度像電流一樣，從我的指尖傳入，在我的體內四處流竄。

上了公車，車上的人不多，杜靖宇挑了個雙人的座位，讓我先坐進去。

我一坐定，就把頭轉向窗外，根本不敢多看杜靖宇，怕一看就再也移不開眼神，兩隻手緊緊地絞握在一起。

「張詠恩，妳輕鬆一點啦，妳這樣把我搞得也好緊張。」杜靖宇出奇不意地開口，我一轉頭，撞見他的笑臉。

可是我就是輕鬆不起來啊！

我在心裡沮喪地哀嚎著。

「該緊張的人應該是我吧！這是我第一次跟女生出來吃東西，妳不是一天到晚都跟邱昱軒混在一起嗎？妳應該早就習慣了啊，不是嗎？」

「哪是？」我直接反應，「邱昱軒跟我從小一起玩到大，我跟他的感情根本就是哥兒們的那種，他就像我哥哥一樣，可是你又不是……」

完了，一說完話我就知道我又完了，怎麼又說出這種引人遐思的話！

果然，杜靖宇瞇著眼，定定地看著我，看得我又渾身不自在起來。

「杜靖宇你……你不要想歪，我沒有別的意思……」好像越描越黑了。

杜靖宇臉上的笑容加深又加深，我被他的詭異笑容搞得完全失去思考能力。

「杜靖宇，你不要這樣笑了！」我受不了地吼了一聲，完全沒顧慮到自己身在何處，陡然拔高的音量，引來車上其他人的注視。

我迅速地坐低身子，抬頭瞪了杜靖宇一眼，又壓低聲量說：「你看，都是你啦，害我出糗了。」

「我又沒怎樣，妳不要做賊的喊抓賊。」杜靖宇涼涼地說，把責任推得一乾二淨。

「還不都是因爲你笑得色瞇瞇的。」

「我哪有笑得色瞇瞇的？妳自己心術不正，看什麼都是歪的。」

「反正都是你啦！都是你害我丟臉的，都是你，就是你！」我把一切過錯都推諉到他身上。

「好啦好啦，都是我，都是我笑得色瞇瞇，都是我害妳丟臉的，都是我的錯。」杜靖宇拗不過我，只好棄械投降。

「對。」我認眞地點頭，「一切都是你的錯，沒錯，就是這樣。」

然後，杜靖宇跟我都笑了，這一笑，似乎兩個人之間的氣氛就不再那麼僵硬，我心頭的緊張情緒也被沖去了大半。

▽▽愛情的世界裡，沒有絕對值，什麼都是充滿變數的，我不斷地微分，想把妳變成我的愛情常數，妳卻不斷地積分，於是我和妳，只能在不定積分裡遊走。△△

我不知道別人第一次約會通常是怎樣，但從我看小說跟電視劇的多年經驗看來，第一次約會通常應該要很浪漫的。

男女主角會去吃頓浪漫到不行的甜蜜午餐，或燭光晚餐；吃完飯後，會去看場浪漫到不行的愛情電影；看完電影後，會去散個浪漫到不行的步；散完步之後，男主角會送女主角回家，然後在女主角的家門口或巷子口，對女主角說一堆浪漫到雞皮疙瘩掉滿地的噁心話。

應該是這樣的……不！一定是這樣的，小說裡不是千篇一律都是這樣寫的嗎？再不然電視劇裡不也都是這樣演的嗎？

可是……可是……

「快吃啊！冷掉就不好吃了。」坐在我對面眉開眼笑的杜靖宇催促著我，說完還大大吃了一口他眼前的「美食」。

我盯著擺在我面前的魯肉飯看……不！我不是「盯」著它，我簡直是「瞪」著它！

這就是我失眠了一夜所期待的浪漫午餐約會？

人聲鼎沸的路邊攤、老闆揮汗拉客的吆喝聲、老闆娘跟兩名歐巴桑穿梭桌椅間送魯肉飯的忙碌身影，還有坐不到位置，乾脆站在我們桌子旁盯著我們吃飯的客人……我的天！

我的心整個都涼掉了。

並不是我的虛榮心作祟，只是，跟杜靖宇第一次約會，我以為他應該會帶我到比較不一樣的地方吃東西，好吧！就算我們還是學生吃不起山珍海味，那他至少也該帶我去「我家牛排」或「貴族世家」之類的地方吃排餐啊，至少那裡還有冷氣吹，至少在那種地方，我跟他要聊天也比較容易些。

雖然我並不討厭魯肉飯，可是第一次約會，就來菜市場吃魯肉飯，會不會太另類了點？

「張詠恩，妳快點吃，這裡的魯肉飯很有名耶，很多電視台都來採訪過，好幾次我來都要等很久，今天託妳的福，難得一來就有空位，妳多吃點，一碗不夠的話，我再幫妳叫一碗……欸，老闆娘，請再給我一碗魯肉飯，酸菜多一點，謝謝。」

我還在「瞪」著我的魯肉飯，杜靖宇卻已經吃完他的第一碗，還趁機叫住從我們身邊走過的老闆娘，要求再送一碗來。

我用筷子夾了幾顆飯粒往自己嘴裡送，心裡還在哀悼我的第一次約會，唉。

杜靖宇倒是吃得不亦樂乎，滿臉的笑意，好像吃的是什麼天下少有的珍饈美味一樣。

好吧！既來之則安之，吃就吃吧，反正吃排餐會飽，吃魯肉飯也會飽，一樣都是會塡飽肚子的東西，幹嘛要婆婆媽媽地計較吃下去的是什麼東西呢？

更何況，「浪漫」一斤能賣多少錢？不過也只是一時的氣氛，荷爾蒙失調間接影響腦袋運轉在作祟。

一用心品嚐杜靖宇所說的好吃到讓人不僅食指大動，連中指跟無名指都會跟著大動的好吃魯肉飯後，才發現這眞的很美味。

難怪就算是在菜市場旁的騎樓下擺了十幾二十張桌子，仍不夠客人坐。

「好吃嗎？」杜靖宇已經吃完第二碗飯，開始大口大口地喝著貢丸湯。

「好吃。」我點頭，口齒不清地回答。

「我就知道妳會喜歡。」

雖然我壓根沒想到魯肉飯居然會成爲我們第一次約會的回憶，但這麼與眾不同的午餐約會，我想就算在很多年以後，我仍會印象深刻吧。

吃完午餐，杜靖宇提議去看場電影。

我好感動喔，果然跟小說裡寫的有一點雷同了，我拚命地點頭，深怕杜靖宇下一秒就反悔了。

「電影院就在附近，我們走路去就好。」杜靖宇又說。

然後我們就這樣走路去電影院，可是……可是……

「看這個吧！刺激又精彩，保證不會睡著。」杜靖宇指著某部科幻動作片的海報，對我大力推薦。

「不要啦！」我頭搖得像波浪鼓，一根食指遙遙地指向另一方，「看這個，浪漫愛情片，愛到深處無怨尤，就算鐵漢也淚流。」

哇，眞受不了自己，居然出口成章耶，還押韻，我果然是天才！

「愛來愛去，有什麼好看？到最後不是男主角掛掉，就是女主角陣亡，再不然就是王子公主從此過著幸福快樂的生活，有什麼好看？」

「你那個動作片才無聊咧，反正到最後壞人一定會死光光，然後男主角上了女主角的床，兩個人光著身、裹著棉被打上 End 的字幕。」我反擊。

「那種哭哭啼啼的片子有什麼好看？看完就忘光光了，哪還記得什麼？」杜靖宇揪著眉，滿臉疑惑。

「你那種打打殺殺的片子才血腥暴力咧，那麼會打架，去當警察打壞人就好了，來演什麼電影？」我才不了解他們男生的腦袋到底都裝了些什麼。

「妳真的很固執耶。」杜靖宇沉默了幾秒鐘後，終於下了這個中肯的評語。

「你才食古不化咧。」我反譏。

杜靖宇搖了搖頭，一句話都不說地就走到售票處去排隊，假日人多，杜靖宇規矩地隨著隊伍前進。

我望著他的背影，心裡有些後悔，眞搞不懂自己到底在堅持什麼。

難得有機會跟他出來吃頓飯、看場電影，有必要把氣氛搞得這麼僵嗎？看什麼電影不都是一樣？反正只要他坐在我身邊，我肯定是怎麼樣都沒辦法專心的，那麼看動作片跟看愛情片，也沒什麼差別。

好後悔喔！我居然還讓他看見我潑辣固執的模樣，好想哭唷。

瞧他剛才那副火山快要爆發的模樣，我想他可能會覺得我很難搞吧，唉，他現在對我的印象分數一定急速往下掉。

我甩甩頭，牙一咬，快步走到他身邊。

「杜靖宇。」我拉拉他的衣袖，故意佯裝充滿興趣的語調：「杜靖宇，我們還是看動作片好了，我剛才看它海報上的簡介，覺得那應該是部好看的電影。」

「眞的嗎？」杜靖宇喜出望外地看我，「妳也這樣覺得了喔？哈，妳果然有眼光，那……那我就買這部電影的票了喔。」

我心裡無力到極點，鬼才想看那部什麼該死的動作片咧！但爲了保持自己的淑女形象，我還是假裝出溫婉開心的表情。

然後我走出人群，安靜地站在柱子旁，等杜靖宇買好票。

等了好一會，杜靖宇終於穿過人群，來到我身邊。

「走吧。」他說。

我跟在他身後走，人潮眞的很多，杜靖宇緩了緩腳步，等我走到他身邊，他才跟我一起往前。有好幾次，他體貼地伸出手幫我擋掉幾個走路不看路的傢伙，小心翼翼地保護我不被撞到。

進了電梯後，杜靖宇按了通往C廳的三樓按鍵。

「杜靖宇，你按錯了啦！我們要看的片子是在四樓，D廳的。」剛才我特地看了那部科幻動作片是在哪一廳播映的。

「沒錯啊，這上面寫的是C廳啊。」杜靖宇把手上的票拿起來看了一眼。

我好奇地湊過頭去看，接著……

「杜靖宇，你買錯票了啦！你買成愛情片的票了啦，你這個笨蛋……」隨即我腦中靈光一閃，好像突然明白了狀況，然後我的聲音帶著些微顫抖：「你……你……」

杜靖宇只是笑，定定地看我，一句話也不說。

▽▽妳說愛情是：他笑，妳的天空就晴空萬里；他皺眉，妳的世界地跟著天黑。

沒錯，我的天空的確是隨著妳的悲喜而轉變，但妳的天空卻只有他能操控。△△

事實證明，我果然沒有挑電影的眼光！

都怪我一時被那張看起來甜蜜到心酸的海報，跟賺人熱淚的電影簡介給迷惑了，才會糊里糊塗地選了一部大爛片來看，白白浪費了時間跟金錢。

整部片子我根本只看了十五分鐘，就癱在椅子上睡著了。

電影散場時，杜靖宇搖醒我。

「張詠恩，快起來了，清潔工要來趕人了啦！」杜靖宇使力地搖著我的肩。

我迷迷糊糊睜開眼，偌大的電影廳裡，只剩下我跟杜靖宇，還有兩名清潔工。

「我睡著了？」眼睛是睜開了，但腦袋卻還在昏睡，前一天晚上失眠，現在瞌睡蟲伺機跑來找我索命了。

「對，還打呼咧。」

「啊？」這回我倒是清醒了，我打呼？我打呼？我眞的打呼？

哎唷，我居然做了這種丟臉的事？打呼？老天爺啊，祢怎麼不讓邱比特一箭射死我算了？

「走了啦，再不走，等等清潔阿桑拿掃把趕我們。」杜靖宇拉著我的手臂，把我從椅子上拔起來。

我一臉鐵青地跟在杜靖宇後面走，杜靖宇邊走邊頻頻回頭，大概在注意我有沒有跟好，擔心我又縮回舒服的椅子上繼續睡。

「妳幹嘛？一臉天要塌下來的表情。」杜靖宇取笑我。

我把頭壓得低低的，根本不敢看杜靖宇。

從早上開始，我就一直在出糗，先是走路同手同腳被取笑，再來是站在電影院外，沒氣質地跟杜靖宇爭辯該看什麼片子，現在居然還在電影院睡覺打呼……我等等到底還會做出什麼更可笑的事來啊？

一想到這些，就覺得我的未來既坎坷又乖舛，唉。

「妳還在爲妳睡覺時不小心打呼的事難過喔？」杜靖宇一眼看穿。

我好想挖個地洞，把自己活活埋進去，死掉算了。

「妳放心啦！我不會說出去的。」說完，杜靖宇彎下腰，把自己的臉湊到我眼前，一張嘴故意嘟得小小的，還裝出怪里怪氣的聲音說：「妳看，我嘴巴這麼小，妳的祕密我一定守得住。」

我噗嗤一聲，笑了。

「你那是什麼怪嘴型啊？」我白了他一眼，止不住笑。

杜靖宇看見我笑，自己也傻傻地笑了起來。

「走，我請妳喝飲料，然後我們去搭公車，我送妳回家，已經三點多了，妳不要太晚回去，免得被罵。」杜靖宇體貼地說。

我們並肩走出電影院，陽光好刺眼，我瞇著眼，不太能適應突然從陰暗處走到陽光燦爛的地方，覺得眼睛有點痛。

杜靖宇大概發現我瞇著眼的怪異模樣，他一句話也不說地走到我面前，用自己的身體幫我擋住陽光，跟我面對面站著。

「還會緊張嗎？」他沒頭沒腦地丟給我一個奇怪的問題。

「什麼？」有他幫我擋陽光，果然感覺舒服多了，我的眼睛也慢慢在適應這種璀璨的光亮。

「我是說，妳現在跟我在一起，還會緊張嗎？」他笑得很可愛，像個孩子似的，其實，他本來就還是個孩子啊。

「好像……比較不會了。」

眞的，現在我好像已經不會像之前那樣倉皇失措了，不知道是不是因爲跟他感覺熟悉了一點的關係。

「本來就沒什麼好緊張的啦！我又不是壞人，也不會綁架妳。」杜靖宇擠眉弄眼地露出一個可愛的表情。

「才不是怕你綁架我呢。」我什麼都沒想，衝口就說出這句話。

「那不然呢？」杜靖宇笑得意味深遠。

「我……我幹嘛要跟你說啊！」我被問得有點惱羞成怒，怎麼能夠跟他說，其實我很喜歡他這一類的話呢？搞不好會被他當成是隨隨便便的女孩子呢。

「我發現妳另一個特點了耶，妳除了愛說教之外，還經常會惱羞成怒。」杜靖宇笑嘻嘻的。

「我哪有啊？」雖然是事實，但我一點也不想承認。

杜靖宇懶得跟我爭，笑著轉身到旁邊的飲料攤買飲料。

「我要紅茶。」我追過去，邊跑邊喊：「少冰、七分糖。」

「妳很龜毛耶，還七分糖咧。」杜靖宇取笑我。

「怎樣，不行嗎？我沒說我只要六顆冰塊就很好了。」

「有人喝飲料還有規定只能加幾顆冰塊的嗎？」

「怎麼沒有？邱昱軒就是啊。」跟我比起來，邱昱軒才是眞的龜毛咧，他喝飲料永遠都是六顆冰塊、六分糖。

我問過他幹嘛喝飲料不乾脆點，還要規定冰塊跟糖的分量？

他的回答是：這樣喝才有爽快的感覺。

我試過他的喝法，但其實喝起來都差不多，並沒有什麼爽快的感覺。

「你們兩個眞的都很寶。」杜靖宇搖搖頭。

後來，我們兩個人邊走邊喝地走到公車站牌去等車。沿路上不停地聊天，我們從生活瑣事聊到學校，再聊到個人的價值觀，最後聊起各自的家庭。

「我一直很想問你，爲什麼你書法寫得那麼好？」我眞的很好奇，他那麼愛玩的人，怎麼會有耐心坐下來寫毛筆字？

「我爺爺教我的。」杜靖宇笑得很靦腆，眼睛望向遙遠的天際。「我國小一年級就開始學寫書法，小時候我很好動，常常靜不下來，我爺爺看不下去，就把我抓去他的書房，幫我買了一張小桌子，每天一筆一畫地教我寫毛筆字。一開始我眞的很討厭，總是隨便畫幾筆，就丟下筆說要出去玩，但我爺爺眞的很有耐心，他不生氣也不罵人，每天照樣抓我進去寫字，我寫的時候，他也在一旁寫，那時我看見他寫的字，除了佩服還是佩服，妳也知道，小孩子通常都沒什麼審美觀，可是我爺爺寫的字眞的很漂亮，到現在，我家的牆上都還掛著他寫的《赤壁懷古》。」

我靜靜地聽，杜靖宇輕輕地說，像在對我述說一段遙遠的記憶。

「後來我對書法產生興趣了，跟爺爺進書房寫書法，變成我每天最期待的事，爺爺不只教我寫書法，也會跟我說一些歷史故事，有時還偷偷跟我說我爸以前的糗事。國小四年級，我爺爺過世了，那時我哭得很傷心，不過我很慶幸我爺爺教我寫了一手好字，我覺得這是他送給我最好的禮物，所以我每天還是會躲進爺爺的書房練字，心情不好或情緒急躁的時候，我就會開始寫毛筆。

「國小六年級快畢業的時候，我爸看我每天花那麼多時間在寫書法上頭，就跟我說：一天到晚寫那些沒用的東西幹嘛，還不如把時間用來讀書。我國小時成績還算可以，都維持在班上前三名，可是我爸覺得我成績可以更好，所以成天強迫我讀書，他是大學教授，很愛面子的，家裡只有我一個男孩子，他希望我可以爭氣點，可是我覺得寫書法跟讀書根本就不衝突。」

杜靖宇的眼神黯淡下來，他看了我一眼，無奈地笑了笑。

「而且書法是爺爺留給我唯一的東西，我不能放棄，我只是想要保留爺爺給我的記憶，但我爸不懂，他覺得面子跟自尊才是最重要的。」

▽▽總是站在妳身邊，精心收藏妳的一顰一笑，把眼睛當相機、心當底片，努力記憶關於妳的一切，釋放所有情感後，才發現原來妳並不在我的愛情櫥窗裡。△△

「一開始，我還是一樣每天躲進書房裡寫書法，後來我爸講我講不聽，開始每天罵我，我很氣，我又不是做什麼壞事，那時我心裡就想：好！你不讓我寫書法，沒關係，我不寫書法，也不念書，我看你要怎麼辦。」

「杜靖宇，你會不會太叛逆了點啊？」我忍不住插嘴。

「我實在看不慣我爸他那樣啊！人生又不是只要讀書就好，那也許是一個很重要的過程，可是一個人的成功或失敗又不是光看他成績單上的分數。我氣我爸太以偏概全，他越逼我，我就越不理他。」

「所以你才開始去打架鬧事？」

「我一生也才打過一次架，誰知道就被妳看到。而且那次我根本也沒動手，上次不是跟妳說過了？」

我點點頭，「你爸看你這樣，不會很生氣嗎？」

「怎麼不會？一年級時，我爸幾乎天天罵我，每次看到我的成績單，都氣到差點吐血，我媽勸過我幾次，但她也拿我沒辦法，她說我跟我爸根本就是一個模子刻出來的，兩個人同樣個性，固執又難溝通，哈。」杜靖宇笑了笑，「後來我爸就放棄逼我了，這樣也好啦，父子倆一天到晚針鋒相對，痛苦的是我媽。」

「你爸是有些無理啦，但你也太故意了吧？他望子成龍並沒有錯啊。」

「我沒說他有錯，但他的作法在我眼裡就是不對，尤其他說書法是沒有用的東西，我覺得他不懂是在否定我，也污辱了爺爺。」

我語塞，不知道該怎麼回答，也許每個人都有自己的想法，我們不是當事人，沒有權利評斷那些想法是對是錯，但我想，如果我是杜靖宇他媽，我肯定會瘋掉。

公車上的人依然不多，冷氣冷得像北極的冰。

我縮在靠窗的那一邊，雙手捧著我的紅茶，眼睛望著窗外施工的捷運工程，整個路面塵土飛揚，交通黑暗期過後，是更便利明亮的未來。

但我體內的工程呢？那些不斷不斷建築、層層疊疊堆積起來的情感，是不是也會在黑暗期過後，綻出希望的光芒？

喜歡一個人，就是這麼一回事嗎？會覺得自己卑微得好渺小，會變得很沒自信，每一分、每一秒裡，都在期望與絕望中，周而復始地來回旋轉，像走在迷魂陣裡，自己往往是最沒辦法理性的那一個。

「會不會冷？」杜靖宇突然出聲，把專心在一些問題上鑽牛角尖的我嚇了一跳。

「還好。」我笑笑。

「會冷要說喔，雖然我也沒多帶外套出來，不過我可以幫妳去跟司機說一下，或者跟妳換位置坐。」

瞬間，我覺得自己臉上好像畫了三條線，頭頂上還有一大群烏鴉飛過。

這個人，果然不是浪漫的料，唉。

杜靖宇陪我回學校牽腳踏車，再騎著他的機車慢慢跟在我旁邊，送我回家。

「杜靖宇，我是說眞的，你沒有駕照，不要騎機車啦，這樣眞的很危險。」

快到我家時，我又忍不住對杜靖宇說起教來。

「我會注意啦！」

「不是注不注意的問題啊，就算你不超速、不闖紅燈，每次騎車都戴安全帽，那又怎麼樣呢？萬一警察臨檢要怎麼辦呢？你難道不會加速逃逸嗎？無照駕駛被抓到的話，罰金是很重的，這個你知不知道？」

我想起好多社會案例，青少年發生交通意外，有一大部分是由於無照駕駛，遇到警察要臨檢，害怕被開罰單還要被管訓，所以冒著生命危險跟警察玩你追我跑，結果卻導致更嚴重的後果。

「唉，妳眞的好像我媽喔。」杜靖宇很欠扁地笑著說。

「跟你說正經的耶。」我扁扁嘴，整臉不滿。

「好啦，我知道妳是認眞的。」杜靖宇揚起眉，笑得很陽光，「送妳到哪裡比較好？到妳家門口，妳家的人會不會拿掃把打我？」

聽見杜靖宇這麼說，我爸那張凶狠得巴不得把我所有男同學們生吞活剝的嘴臉突然蹦進我腦海裡。

「呃……你送我到前面巷子口就好，我自己回家，不然我家一定會雞飛狗跳不得安寧。」我回答得好尷尬，萬一杜靖宇被我爸拿菜刀追，或被我媽拿掃把打，那不就糟了嗎？

「到這裡就好了。」我在離我家兩條巷子前的路邊停下來。

「好，那我看妳走回妳家就好。」

杜靖宇的話才一出口，我的臉馬上就熱辣起來。

「那……那我回家了喔。」我低著頭，避開他眼神熱烈的注視，嘴裡說要回家，身體卻寸步難移，我捨不得回家，多想這一刻能永遠停留，好讓我能一直待在杜靖宇身邊。

「好，小心點。」杜靖宇根本就沒有挽留我的意思，但不知道是不是心理作用，我怎麼覺得他這句話說得特別溫柔。

「那就再見了。」我的頭依然壓得低低的，心裡好掙扎喔，眞不想離開，可是如果還一直死賴著不走，搞不好會被杜靖宇當成是花痴。

於是即使心裡再怎麼不想回家，我還是跨上我的腳踏車，沉重地踩著車踏板，往我家的方向一步一步前進。

「張詠恩。」就在我踩到不知道是第三下還是第四下車踏板時，站在我後頭說要目送我回家的杜靖宇，突然出聲叫住我。

我緊急剎車，轉頭過去看杜靖宇，陽光依然好刺眼，亮晃晃的金黃色光芒灑了杜靖宇滿頭滿身。

杜靖宇就像個發光體一樣安靜地站在原地，眉間、唇間滿是笑意地望著我，緊緊地攫住我的視線，還有我體內那顆總是爲他鼓動、焦躁躍動的心。

「我答應妳。」杜靖宇從容地一個字一個字慢慢說著：「妳不喜歡我無照駕駛，我就不要騎車，直到我考到駕照爲止；妳不喜歡我跟我爸媽鬧彆扭，我也答應妳不做出讓他們生氣的事，妳不喜歡的事，我都會試著不要去做，我答應妳。」

一股嗆鼻的酸意從鼻頭蔓延到眼眶，我的眼睛迅速地潮濕了，熱浪翻滾中，眼前的一切景物全都模糊了。

好想哭卻又好想笑，我的臉上漾開從心底竄出的快樂化成的微笑，眼裡的淚卻止不住地彷彿下一秒就要奪眶而出。

哎呀！不能讓杜靖宇看見我糗斃了的模樣，他一定會笑我的。

我用力地點點頭，隔著這距離，杜靖宇應該看不見我發紅的眼睛，跟眼眶裡滿滿的淚水吧？

我們相視而笑，然後我朝他揮揮手，重新踩動腳踏車的踏板，這個世界變得好美麗，我的心情也變得好美麗。

可是美麗的事情總是不長久，下一秒，我就因爲過於激動，怎麼樣也穩不住腳踏車車頭方向，撞上路邊的電線桿了。

碰的一聲，我的世界天昏地暗起來。

杜靖宇邊朝我的方向跑過來，邊問：「妳怎麼了？」

怎麼了？

其實我也好想問我自己到底是怎麼了？幹嘛好好的一個約會，一開始就一直出糗不說，連想要來個 Happy ending 也這麼困難？

天啊，拜託誰可以來幫忙掘個洞，把我直接活埋算了。

▽▽對感情過分地堅持，對自己往往最殘忍。我堅持把最好的感情給妳，堅持為妳放棄其他選擇，堅持等待就有希望，卻在堅持中聽見自己眼淚喧嘩的聲音。△△

「張詠恩妳要不要緊啊？」杜靖宇先扶起我，確定我能站之後，才又彎下腰去扶正我的腳踏車。

「杜靖宇你……你眼睛閉起來啦！」一時情急之下，我居然脫口把我心裡的話說出來。

「啊？妳說什麼？」杜靖宇的聲音裡充滿錯愕。

「你眼睛閉起來啦。」我滿臉通紅地轉過身去，不敢面對杜靖宇，顏面盡失的羞恥感已經讓我忘了自己膝蓋跟手肘擦傷破皮帶來的刺痛。

「爲什麼？」

「很丟臉耶，老是讓你看見我出糗，你爲什麼不乾脆把眼睛閉起來，這樣就看不到我丟臉的樣子啦！」像是被惹惱了一樣，我眼眶一紅，眼淚撲簌簌地掉下來，心裡又氣又惱。

大概是我哽咽的聲音嚇到杜靖宇，有好半天，都聽不見他有任何動靜，連呼吸都刻意小心翼翼地壓低，但我知道他一直站在我身後。

我用手背努力地壓住自己的眼睛，天眞地以爲這樣就能壓住不斷往下墜的眼淚。

然後有隻溫暖的手，輕輕地碰了碰我摀著眼的手，然而從對方手裡傳來的暖暖溫度，像一道電流，狠狠地直搗我的心臟。

「可是眼睛閉起來就看不到妳了。」聲音裡有靦腆的溫柔。

我放下手，抬起眼，看見杜靖宇站在我面前，笑得有些傻氣，手上拿著幾張面紙，遞到我眼前。

「沒關係的，就算妳一直出糗，我還是覺得妳……」杜靖宇好像有些緊張，他的臉微微泛紅，「……很可愛。」

我瞪大眼，不敢置信地望著杜靖宇，反倒是看起來天不怕、地不怕的杜靖宇，居然壓低了頭，我看見他耳根迅速漲紅。

我心裡的感覺好複雜，什麼樣的情緒都有，好不容易，我才撫平內心所有的激動，卻抵不過那股想跳起來大叫的快樂。

杜靖宇他喜歡我，是不是？是不是？是不是啊？

一定是，應該是！杜靖宇他一定喜歡我，不然他幹嘛要約我出去吃飯？幹嘛老是對我說一些莫名其妙的話？幹嘛要擔心我感冒嚴不嚴重？幹嘛老是要不順路地從我們教室前面經過？我眞是笨蛋！他都已經暗示得這麼明顯了，怎麼我還是看不出來也聽不出來，還自己一個人在那裡胡亂猜測，一天到晚鑽牛角尖鑽到哭，我眞是個大笨蛋！

我摀住嘴，清透的淚還是拚命掉，怎麼辦？我的眼淚止不住了，心裡泛著酸酸的幸福感，眞討厭自己，連開心也想哭，我好沒用喔。

「怎麼了？是不是很痛？」可能是我吸鼻子的聲音引起杜靖宇的注意，他抬起頭來時，表情還是有些羞赧。

經他這麼一提醒，我才開始感覺手腳擦傷的傷口，正灼熱地刺痛著。

「都破皮了。」杜靖宇皺了皺眉頭，一下子蹲下去看我的膝蓋，一下子又拉起我的手，幫我檢查手肘上的傷。「妳快點回家，先用清水沖一沖再擦碘酒，只是擦傷，應該很快就會好。」

我還是站著不動，眼淚也不肯罷休地直流。

「很痛是不是？妳還能走嗎？」杜靖宇的語氣裡有明顯的心疼，他的眉頭深鎖，好像痛的是他一樣。

「妳走幾步給我看看。」見我不回答，他又開口。

「我沒問題啦，可以走。」我用帶著濃濃鼻音，又口齒不清的聲音回答他。

「妳先走幾步啦，不然我不放心。」

我覺得要在杜靖宇面前像小朋友學走路一樣地走路給他看，實在是一件蠢到不行的事，可是杜靖宇很堅持，我拗不過他，只好象徵性地走幾步給他看。

杜靖宇見我沒事，把他手上那些面紙全交給我，只取了其中一張，然後蹲在我面前，幫我輕輕擦掉沾附在傷口上的沙塵，他又細心又專注地清理我的傷口，小心翼翼地避免弄痛我。

「如果痛也要忍耐一下，這些小沙子不先清乾淨的話，傷口可能會發炎。」

他的聲音像和暖的微風，輕輕拂過我的世界，激起的漣漪卻是一輩子美麗的記憶痕跡。

我的心臟撲通撲通地跳得好劇烈，但甜蜜的感覺卻充斥在體內的每個細胞裡，這一刻，我深深感覺，我大概是全世界最幸福的人。

後來杜靖宇陪我走路回家，他幫我牽腳踏車，讓我走在他旁邊，一直到我家巷子口，他才讓我自己一個人牽著車走進去。

臨走前，他還在我耳邊用只有我們兩個人聽得見的聲音叮嚀我：「小心點，記得要擦藥喔。」

傷口眞的不痛了，當心裡的幸福快樂龐大到狠狠擠壓著你的心臟時，所有表面的傷口、疼痛，全都變得渺小。

即使我不說，那些漫在眼裡和唇邊的笑意，仍然不經意就把我的歡喜心情洩露出去，怎麼藏也藏不住。

一回到家，我就直接奔回自己的房間，一個人坐在床上，背靠在床頭櫃上，抱著枕頭，傻傻地笑。

腦裡開始回想從早上到剛剛爲止的一切，杜靖宇的笑容、他揚眉的模樣、害羞的樣子、擔心的表情、戲謔調皮的神態……所有所有的杜靖宇，全都讓我快樂、讓我心跳加速。

這是不是就是戀愛的感覺？喜歡一個人的苦澀，那些反覆不安的淚水，在一旦確定那個人也有相同心意之後，會全都消失不見，取而代之的是不斷不斷擴大的幸福感。

這樣的感覺，讓人想飛、想大叫、想哭泣。

雖然杜靖宇沒有正式向我告白，但從他的言語跟神態裡，我多少也看得出一些端倪，眞的好像夢喔，一點都不眞實，我根本就沒想過杜靖宇也會跟我有同樣的心情。喜歡，眞的是很奇妙的一種感情。

即使兩個人都沒有開口，但我們都知道，彼此已經將自己的心默許給對方了。

我興奮地把頭埋進手上的枕頭裡，開心地翻了個身。

「啊！好痛！」下一秒，我已經跳起來，弓著身抱著自己的膝蓋，嘶嘶叫地喊痛。一痛，才記起方才杜靖宇千叮嚀萬交代，要我回家記得先清洗傷口，再擦藥。

我忍痛走到浴室，咬著牙讓清澈的水不斷從我的傷口處流過。

「不痛不痛……」我邊洗邊自我催眠，幾秒鐘後，我就受不了地大叫：「啊！不痛才有鬼啦！」

然而那還是小兒科，重頭戲是在後面的碘酒擦拭，我用棉花棒沾著藥，擦了老半天，還是只敢繞著傷口的周圍畫圓圈。眼淚已經在眼眶裡顫抖了，我怎麼還敢把藥擦在傷口上？

好像心裡有障礙似的跨不過去，唉，怎麼辦？

最後我還是放棄了，傷口要爛就讓它爛吧，與其痛死，倒不如讓手跟腳廢掉。

邱昱軒總是說我心裡躲著一隻大鴕鳥，遇到事情時，老是以為只要把頭埋進土堆裡，眼睛看不見，就自以為是地當作一切問題都解決了，其實都只是掩耳盜鈴的逃避而已。

好吧！邱昱軒，我想你是對的，我就是一隻大鴕鳥，唉。

▽▽那些對妳無條件付出的一切，我不認為是犧牲，即使得不到對等的回應，妳卻讓我驚見自己的愛有多麼源源不絕，只想注入妳荒蕪的心田。△△

故事，好像就是這樣開始的。

一場約會，把杜靖宇拉進我的世界裡，有些突兀，卻又不至於格格不入。

從約會那一天開始之後，杜靖宇幾乎每個星期都會寫信給我。

其實，與其說是情書，倒不如說是日常生活的交代。

信的長短不一，有時是洋洋灑灑的三大張活頁紙，有時只是短短幾句話，然而收到他的文字時的心情，卻是一樣快樂的。

偶爾我會回信給他，但我文筆不好，只能求字句通順，可是文采就沒辦法像他那麼生動，能夠把平凡無奇的事件，敘述得活靈活現。

也許是心中有了期盼，期盼在學校裡可以見到杜靖宇，所以，「上學」成了一件非常吸引我的事。

有時在校園裡碰見杜靖宇，我還是會倉皇地避開他熾烈的注視，砰砰跳著的心臟會誠實地坦白自己的緊張，但唇角不經易綻開的那朵微笑，則是快樂的證明。

暑假來臨時，我並不開心，短短兩個星期的假期，對我來說，卻是幾百個世紀之久。

邱昱軒跟我不一樣，他倒是很享受他的假期，他說那是一種恩賜，平常水裡來、火裡去地拚命念書，難得有假，當然要好好休息，兩個星期過後，就是國三輔導課的開始，到時一定會更辛苦。

但是，見不到杜靖宇，才真的讓我辛苦。

邱昱軒三天兩頭往我家跑，我媽很開心邱昱軒來我家，我知道我媽的遺憾就是沒生個兒子，邱昱軒的多禮和甜嘴，正好彌補了我媽心裡的缺憾。

我媽常說：「邱家眞是好福氣，有這麼個好兒子。」

以前，我心裡會不是滋味，有種家花比不上野花的挫敗感，邱昱軒是男生又怎樣？誰叫妳自己不爭氣，生了兩個女兒？

現在，我心裡已經沒有多餘的空間再去生那些無聊的氣，整顆心，裝了滿滿的杜靖宇，我的心因而變得有重量，不再空蕩蕩的了。

「在做什麼？」蟬鳴喧天的夏日午後，邱昱軒的聲音突然從我房門旁響起。

我受了極大的驚嚇，兩隻手迅速地把擺在書桌上的數學課本抓過來，壓住那張發出淡淡香味的淺紫色信紙。

我正在寫信給杜靖宇，透過文字，一字一句地向他傾訴我的思念。

「忙什麼？慌慌張張的，在做什麼壞事？」邱昱軒走進我的房間，扯著笑，語氣裡沒有逼迫，也聽不出有多想知道我到底在幹嘛，只是隨意地詢問。

我回過身去，盡量不讓自己的驚嚇露出痕跡。

「哇，在算數學喔？」邱昱軒伸長脖子，往我書桌上一瞧，然後怪聲怪氣地叫起來：「這麼用功啊？」

「誰像你功課這麼好，整個暑假沒念書，程度還是比其他同學好。」我酸溜溜地說話酸他。

邱昱軒倒是不以為意，依然笑得很隨意，然後從上衣口袋裡抽出兩張票，遞到我面前。

「電影票，走，我們去看電影。」

「為什麼會有這個？」我搶過他的電影票，上面沒註明片名，應該是可以到電影院選電影再劃位的那種預售票。

「我爸跟我打賭輸給我的。」邱昱軒洋洋得意。

我突然覺得邱爸爸好可憐，邱昱軒每次跟他家的人打賭，十賭九贏，也不知道是他太聰明了，還是太有賭徒的潛力，總之每次他只要一賭贏，身邊就會多了一些邱爸爸用金錢去換來的戰利品。

每次，他都會拿他的戰利品來找我，和我一起分享他的喜悅。

「我媽不知道要不要讓我出去。」我其實也不是很想跟邱昱軒出去，外面太陽那麼大，出去肯定會被曬成人乾。

「我問過了，妳媽只叫我在晚飯之前把妳送回來就可以了。」

「要看什麼？」我手支著頭，懶懶地問。

「都可以啊，最近不是上檔了一堆暑假強片？我們去了再隨便挑一部來看吧。」

不忍心掃邱昱軒的興，我簡單地換上T恤跟牛仔褲後，就跟他一人騎著一部單車，朝電影院的方向去了。

不是假日，人潮少了許多，大部分都是放暑假沒事做的學生。

我們隨便挑了一部片子，劃好位後，就開始熱切地討論要吃什麼零食。

「妳等我，我趕快去買，趕快回來。」邱昱軒在跟我研究好要吃什麼零食後，風一陣地迅速跑去覓食，留我一個人站在戲院大廳裡等他。

沒多久，他大包小包地跑回來。

「哇，你會不會太誇張了點？買一堆！」我望著他手上那一堆零食哇哇大叫。

「剛好看到一堆妳喜歡吃的零食，順手都拿一包，結果就……哈。」邱昱軒笑得好靦腆。

「走了走了，快來不及了。」我拉著邱昱軒，電影快開演了，我可不喜歡摸黑走進去找位置。

有一次就是在電影開演後才走進去，結果一時沒有辦法適應從光亮驟然變成黑暗的落差，我一個台階沒踩好，狠狠地摔了一跤，還踢倒放在一旁的垃圾筒，丟臉丟到整廳的人全都知道。

事後還被邱昱軒笑我有夜盲症，動不動就提醒我要多吃紅蘿蔔。

找到座位後，我一坐好，邱昱軒就塞給我幾包零食。

「妳的零食。」他邊說又邊彎下腰去，起身後拿了杯飲料給我，「哪！這是妳的紅茶，少冰，七分糖的。」

這就是默契吧！我想。

跟邱昱軒在一起就是有這點好處，因爲從小一起到大，很多事情，即使兩個人都不說，仍能確切明白彼此的想法，一些小習慣，也能瞭若指掌。

在邱昱軒面前，我不用刻意去營造什麼形象，可以自然而然地把最原始的自己呈現出來，是哭是笑都無所謂，我不用擔心他會怎麼看我，而且呼吸急促、心跳加速等一些奇奇怪怪的症狀，都不會發作。

也許，在心底的某個角落，我是很依賴邱昱軒的，從小到大就一直都是這樣，不管我遇到多大的困難，遭遇多麼嚴重的挫折，第一個想到的人，永遠都是邱昱軒。

只要他站在我身邊，我就覺得好放心，天塌了也不用怕，我知道他會幫我扛。

但是依賴，純粹只是一種尋求安心的習慣，卻不是喜歡。

不是男女感情的那一種，我知道。

▽▽愛情的世界，只有愛與不愛這兩種分別，沒有虧不虧欠，或是其他多餘的贅詞。

就像場賭注，賭贏了，我可以佔有妳的心；賭輸了，就注定是條單行道。△△

電影的劇情很芭樂，總之就是那種男女主角不小心在街上偶遇，男主角看上女主角，女主角卻對男主角一點印象也沒有，於是男主角就努力製造許多巧遇機會，不斷地與女主角「不小心」遇見，之後兩個人展開約會，最後，王子跟公主過著美好的生活。

「好爛的劇情。」一走出電影院，我左手抱著沒吃完的零食，右手拿著喝了一半的紅茶，氣嘟嘟地抱怨：「愛來愛去的，一點都不特別，退錢，我要退錢！」

「是誰選的電影啊？」邱昱軒打開他手上的塑膠袋，把我手裡抱著的零食，一包一包拿過去，放進袋子裡。

「你自己也沒反對啊。」幹嘛說得好像都是我錯一樣，哼！小氣邱昱軒！

「妳那麼堅持要看這部電影，我反對有用嗎？」邱昱軒笑，「妳以為妳很好商量嗎？還是妳以為自己的脾氣像溫馴乖巧的小貓？」

很好！言語之間盡是嘲諷的口氣，邱昱軒，你給我記住，此仇不報非君子！

「幹嘛眼睛瞪得那麼大？小心眼珠子掉出來。」邱昱軒不知死活地再次挑戰我的脾氣。

算了，看在這場電影是他請客的分上，今天姑且饒他一命。

「邱昱軒，我想吃雪花冰。」死罪可免，活罪難逃，先敲他一碗冰再說。

「妳手上還有飲料……」邱昱軒瞄瞄我手上還剩半杯的紅茶。

「你要的話，那這杯給你喝！」我把紅茶遞給他，「我想吃雪花冰。」

拗不過我，邱昱軒只好請我去吃雪花冰，然後又若無其事地跟邱昱軒聊著。

「你媽現在怎樣？」我咬著湯匙，整個嘴巴裡都是雪花冰濃郁的牛奶香味。

「還好，可以正常作息，沒什麼大問題。」邱昱軒笑笑。

我伸長手，用湯匙舀了一匙他碗裡的花生雪花冰，然後又若無其事地跟邱昱軒聊著。

「有想過要念哪間高中嗎？」我又問。

「能上第一志願就好了，我不想去念私立學校，學費太貴，我不要給我爸爸太多的負擔。」

「你一定沒問題的啊，上第一志願對你來說，根本輕而易舉。」我羨慕地說。

邱昱軒太聰明了，記憶力又好得驚人，應付國中課程對他簡直是易如反掌。在他面前，我常覺得自己渺小得像顆沙粒，我在後面苦苦地追趕著，追得很辛苦，每天花那麼多時間念書，卻還是只能維持在班上十名左右的位置。

也許有人會覺得這樣的成績也不算壞了，可是我們家左鄰右舍那些多事的三姑六婆們，沒事就是愛比較誰家的小孩成績多好、誰家的小孩功課多優秀，害得我媽每次只要一抓到機會，就會在我身邊碎碎唸個不停。

我就是沒辦法像邱昱軒那麼厲害嘛，不然你們要我怎麼辦？

好幾次都自暴自棄地想放棄自己，可是又怕被我爸吊起來打個半死。當然我也有過那種離家出走的念頭，但萬一真的離家了，我也不知道要去哪裡，外面又沒什麼朋友，連個避難的場所也沒有，於是只好一次又一次地打消這些異想天開的念頭。

「妳也要加油點才行，三年級了，剩最後一年衝刺的時間囉。」邱昱軒溫柔地叮嚀著。

「眞是煩死了，爲什麼非要把升學搞得這麼可怕，好像不給壓力，就顯得老師跟家長不夠認眞一樣，爲什麼我們非要把自己逼得這麼辛苦，不能活得像杜靖宇一樣輕鬆自在……」

倏地，我住了口，邱昱軒的臉上有些震驚。

我……我說了什麼？杜靖宇嗎？天哪，我幹嘛沒事提到他？

「說人人到。」邱昱軒牛頭不對馬嘴地吐出這句話。

「什麼？」

「那裡啊。」邱昱軒抬著他的下巴，示意我往背後看去。

我轉過頭，看見杜靖宇跟他那群朋友在對面的小店吃東西，可能是感覺自己變成別人注意的焦點，杜靖宇這時也突然抬起頭來。乍見到我時，他的表情明顯地呆楞了一下。

隨即綻開的笑顏，卻在瞥見坐在我對面的邱昱軒後，瞬間僵住了。

沒有交談，我卻可以從杜靖宇的眼神中讀到某些不愉快的情緒，他怎麼了？

雖然欣喜這樣的偶遇，我卻沒有走過去跟杜靖宇攀談的勇氣。

只能這樣不動聲色地暗自欣喜。

一回頭，卻看見邱昱軒拿著他的湯匙，從我的碗裡偷挖走一大匙的巧克力雪花冰。

「喂！邱昱軒，你這個土匪！」我哇哇大叫。

「借吃一口會怎樣？剛才妳不也有吃我的冰嗎？」邱昱軒氣定神閒地說。

「可是我沒說要分你吃。」我小氣巴拉地把冰碗捧在手上，預防邱昱軒再一次趁我不注意，進攻我所剩無幾的雪花冰。

「小氣鬼！」邱昱軒朝我吐舌頭。

天氣太熱，冰溶化得很快，我加速讓湯匙來回在碗與我的口之間，才沒幾下，碗內已經空無一物。

我們沒有逗留太久，遠方的天色已經開始有紅紫色的彩霞。

在牽腳踏車時，我的目光不由得又移到對面店裡的人群中，一眼就搜尋到杜靖宇的身影。

杜靖宇臉上沒什麼特別的表情，他身邊的人笑笑鬧鬧打成一片，他的安靜在整群人裡看起來，顯得格外突兀。

他沒笑，一張臉看起來陰陰鬱鬱的，是天氣太熱的緣故嗎？還是他的心情不好？他不笑的臉，看起來有些可怕。

隔著一條街，他的眼睛像定格了一樣，穩穩地定在我身上，有太多翻飛的情緒，不斷不斷從他眼裡流洩出來，而那些難測的情感，卻是一道又一道我解不出來的習題。

我觸摸不到他內心的感覺，像隔著一層毛玻璃去看這個世界，什麼都模模糊糊的。

只隱隱約約感受到，他龐大的心傷。

耳邊傳來邱昱軒催促我回家的聲音，我跨上腳踏車，臨走前，又轉頭去看了杜靖宇一眼，心卻沉沉地痛了起來。

原來壞心情是會傳染的，我擔心看起來不快樂的杜靖宇。

像整顆心被一條細細的線牽扯著，只要輕輕一拉，就會讓人痛得想大聲哭叫，杜靖宇的心情握住我的線頭，快樂時鬆線，難過時扯線。

喧囂的寂寞聲中，我遇見杜靖宇的哀傷。

▽▽愛情，要用多少方程式去證明才能成立？當我愛妳，而妳卻不愛我，愛情依然是成立的，卻是建築在我的心酸上。只有互相喜歡，幸福方程式才能成立。△△

一整個晚上，我在床上翻來覆去無法睡得安穩。恍惚間，杜靖宇那張憂傷的臉，不時出現在夢境裡。

夜裡驚醒好幾次，迷迷糊糊睡著後，還是只能看見杜靖宇。

最後一次的夢裡，杜靖宇不笑也不揚眉，沉著一張臉，安靜看我的模樣，除了憂傷，還有一種說不出來的詭異。

我想往他的方向奔跑過去，可是只要我一邁開腳步，他就會飛快地退後，我們之間，始終沒辦法靠近。

一段怎麼樣也跨越不了的距離。

我在夢中哭了起來，看見自己眼底湧出的淚水，正搖搖晃晃成一片悲傷的波浪。

杜靖宇還是溫柔地望著我，但溫柔的眼神裡，卻再也沒有一絲疼惜。

我的胸口像被幾百萬根針同時扎住一樣，尖銳的疼痛讓我幾乎要昏厥。

「我不喜歡妳了。」杜靖宇沒有情緒起伏的平淡聲調從遙遠的那一端傳來，我的驚愕化成更多著急的淚水。

哭著哭著，卻驚醒過來。

半夢半醒間，一時忘了自己是誰、身在何方，像硬是從另一個世界被塞到這裡來，迷迷糊糊地哭著，胸口那道沉悶的痛，卻十分眞實。

定了定神後，才搞清楚這是自己的房間，一眨眼，眼角的淚順勢滑落，才發現原來枕頭上早已布滿一塊塊斑駁的淚痕。

天還沒亮，我躺在床上，眼淚卻停不住，聽見遠處傳來的雞叫聲。

現在是幾點了？三點？還是四點？

杜靖宇一定還在睡吧？夢裡有沒有我？

思念是永不斷訊的基地台，不論杜靖宇在什麼地方，想念的心情總能從我的心中，朝有他的方向發射出去。

我跳下床，抹掉眼裡的淚水，拿出被夾在數學課本裡，寫了一半的淡紫色信紙，我決定繼續向杜靖宇傾訴我的思念。

也許是夜裡的謐靜特別適合傾訴，沉澱了白晝的紛擾心情，我發現原來我有這麼多話想對杜靖宇說。

一些生活瑣事、最深的心事、邱昱軒跟我說過的一些話……一點一滴，每一個片段，我都想讓杜靖宇知道。

唯獨感情，我不敢洩露太多。

也許因爲太驕傲，我總認爲，一旦在對方面前表露了太多感情，那你就注定是敗部的一方，除非你能早對方一步，先讓自己對一切都不在乎。

我不敢讓淚滴落在信紙上，怕糊掉了自己一筆一畫書寫的字跡。

原來喜歡一個人，除了龐然的快樂之外，還有尖銳的痛苦。

信在天亮之後才寫好，整整三張信紙，字字句句都裏著我這幾天來的想念。

早上趁媽媽叫我去買早餐的時候，偷偷把信帶出去，丟進綠色的郵筒裡。

杜靖宇收到信時，會怎麼想呢？

我在信末註明不要回信，怕寄來的信還沒到我手上，就已經被家人撕毀，信封外也沒附上家裡的住址，萬一信寄不到杜靖宇他家，至少也退不回來。

提著一家人的早點，我騎著單車回家，清晨的陽光溫煦宜人，沒有炙烈的熱氣。

在巷子口遇到正要騎車外出的邱昱軒。

「這麼早去哪裡？」遠遠望見我，他就停下車，留在原地等我靠近。

「買早餐。」我指指我單車前的小籃子，裡面放了一堆早點，中式、西式都有，中式是我爸跟我媽的，西式是我跟我妹的。

「昨天晚上沒睡好啊？黑眼圈這麼明顯。」邱昱軒定定地看著我，嘴角有溫和的笑。

「做了一堆亂七八糟的夢。」我誠實回答，故意略過夢境內容。

邱昱軒笑笑沒說話，風揚起他的髮稍，細細的髮絲看起來很柔軟。邱昱軒的頭髮跟他的眼睛同色，都不是沉穩的黑色，是顏色很自然的棕色。

「我要去幫我媽買東西，今天我們家要吃火鍋，妳要不要過來一起吃？」

「大熱天吃火鍋，不怕上火喔？」

「我媽說她想吃，我爸也贊成，我只好負責去買火鍋料。上火沒關係，我媽有煮菊花茶。」

我搖搖頭，「我們家昨天拜拜，有一堆東西吃不完，我媽一定不答應讓我去你家吃火鍋，下次吧！」

「那晚上我們去逛夜市，好久沒去逛夜市，今天晚上一起去吧。」邱昱軒又盛情邀約。

我們眞的好久沒一起逛夜市了，我記得小時候，最喜歡跟邱昱軒去夜市，每次去撈金魚，邱昱軒總是能撈到一堆，我卻老是無功而返。

有時我們還會去打彈珠，用一片薄薄的細長壓克力板子，把彈珠往上推，讓彈珠落進打滿釘子的格子裡，老闆會依你彈珠落點來數排數，不同排數，拿到獎品就不一樣。

我曾經因爲打彈珠而贏到一包香菸，後來又便宜賣給老闆，拿到二十元的收購價。

「我再問問我媽。」我不敢馬上答應邱昱軒，從上了國中開始，我就深刻地感受我的不自由。

「沒關係，反正我晚上吃過飯後，再去妳家找妳，不能出來也沒關係，我們可以坐在妳家外面聊天，喝我媽煮的綠豆湯。」

「好。」我點點頭，笑了。

「那我先去買東西了喔，晚上再過去找妳，再見。」

「騎車小心點。」我朝他揮手。

「知道了。」他沒回頭，背對著我，舉起左手，帥氣地揮了兩下。

晚上八點左右，邱昱軒果然守信地跑到我家來，手上還提了一袋東西。

「張媽媽，這是我媽煮的綠豆湯，說要給你們吃的。」他一來就先乖寶寶模樣地一一叫人，再把手上那袋東西遞到我媽眼前。

邱昱軒爲什麼會得我媽歡心，我想不是沒原因的。

我媽一看到邱昱軒，就會笑得合不攏嘴，還一直招呼他吃水果，當然最後，她還答應讓邱昱軒把我帶出場。

「早點回來，騎車小心點，過馬路要看車喔。」我媽嘮叨得像個老阿婆。

夜裡的風沁涼舒暢，我跟邱昱軒共乘一部單車，由他載著我。

「妳很重耶。」他在前座抱怨著。

「你是不是男人啊？才騎沒兩下就騎不動，還怪我重！」

「我實話實說，不然換妳來騎，我坐後面。」

「不要。」我才不要汗流浹背地踩腳踏車。坐在後面多好，像公主一樣享受被載的幸福。

「妳要減肥了啦，不然妳看妳……哎唷，妳打我幹嘛？很痛耶！」邱昱軒哇啦哇啦大叫。

「再說我重，我就這樣、這樣、這樣打你！」

我每說一個「這樣」，就朝邱昱軒背上打下去，惹得邱昱軒哎唷聲叫不停。

關於那年，十五歲的青春，幸福隨手可得，而我的眼光卻總是望向遠方，忽略了身邊平凡的美好，再回首時，卻已淚流成河。

▽▽妳的心，宛如一片深藍海洋，我攀附著船舷，向妳擺渡而來，卻始終划不進妳內心最深處的那個位置，妳說那裡早已有人佔據，不是我可以居住的地方。△△

夜市攤位的燈火將幾條大街點綴得光亮，這裡熱鬧得像白晝。

「人好多，妳小心點，不要走丟了。」站在夜市入口，邱昱軒殷切地叮嚀我。

我們兩個站在入口處，望著川流不息的人潮，深呼吸後，就像兩個誓死如歸的英勇戰士，奮力鑽入人群裡。

人多到不行，我覺得自己像沙丁魚。

人一多，汗就多，一陣陣撲鼻的汗酸味，搞得剛吃飽的我想吐。

「邱昱軒，我不行了……」我拚命拽住邱昱軒的衣角。

「怎麼了？」我們被人群推擠著往前走，邱昱軒走在我前頭，聽見我的聲音，還轉頭過來問我。

「汗臭味啊，我快昏倒了。」我叫著，音量一定要壓過攤販的麥克風聲，邱昱軒才聽得見我的聲音。

邱昱軒突然拉住我的手，另一手還擁著我的肩，用身體擋住不斷向我們推擠過來的人群，然後帶著我鑽進攤位跟攤位中間的小夾縫間。

我仰起頭，努力地朝上空深呼吸。

新鮮的空氣真好。

「人好多，好像大家都沒事做一樣，全都傾巢而出，真可怕。」邱昱軒帶笑站在我身邊。

「傾巢而出？你這個形容詞好怪，像把大家比喻成蜜蜂還是蝗蟲那種數量多到噁心的昆蟲。」

「妳深呼吸的動作，看起來很搞笑耶。」邱昱軒不理我，馬上轉移話題。

「我剛才在裡面差點窒息，怎麼一堆人身上都是汗臭味？」

「夏天啊，天氣熱當然會流汗，這不是很正常？」

我搖搖頭，這跟我想像中的夜市差太多了，我想像中的夜市是有人潮，但還不至於擁擠，夏夜的風會迎面吹來，拂動髮絲，讓人感覺逛夜市是既浪漫又愉快的事。

「妳想太多了，我覺得妳去逛百貨公司可能還比較符合妳想像中的模式。」邱昱軒聽見我敘述想像中的夜市時，馬上噗嗤一聲笑出來。

後來我們兩個人覺得實在不應該浪費時間站在這裡聊天。更何況我們左右兩邊的攤販都以一種奇怪的眼神盯著我們看，搞得我們亂不自在的。

跟邱昱軒取得共識後，我們兩個人又像從容就義的勇士，重新鑽進人群中。

走馬看花地被人群推擠一陣後，我又開始大叫。

「吃冰、吃冰，邱昱軒，我要吃冰。」右前方有根好大的霜淇淋甜筒，我一看就嘴饞。

於是，邱昱軒又拉著我的手，帶我鑽出人群，來到霜淇淋攤位前。

「老闆，巧克力口味的兩個，謝謝。」我說。

然後我跟邱昱軒一人拿著一支霜淇淋甜筒，站在路旁吃起來。

兩個人有一搭沒一搭地聊著，突然，我眼尖地望見流動的人潮裡，有個熟悉的身影。

是杜靖宇嗎？

因爲距離有點遠，我看不太清楚。

沒多久，那個我懷疑是杜靖宇的身影，突然來到我們旁邊，果然是他。

不只是杜靖宇，還有他那群朋友，這一堆人，弄出一副要去打架的陣仗，站在我們旁邊買霜淇淋。

是這個世界太小，還是我跟杜靖宇太有緣？

杜靖宇起先沒看到我，還是他身邊的朋友先發現我跟邱昱軒，用手肘撞撞杜靖宇，杜靖宇才看見我們的。

望見我跟邱昱軒並肩站在一起時，杜靖宇的臉上有掩飾不住的小小震驚，然後他輕輕地對我們頷首招呼。

接著一夥人又一陣風似的一人拿著一支甜筒離開了。

杜靖宇甚至沒有看我第二眼，我的心像整個被帶走了一樣，胸口空蕩蕩的，很難受。

他怎麼了？心情還是不好嗎？

我在心裡不斷揣測杜靖宇的心情，不明白他爲什麼對我視而不見。

我以爲前一陣子那些書信、紙條的往來，即使沒能增長我跟他的感情，但最少，對兩個人之間的情誼，應該也有某種程度的累積吧。

至少應該不只是點頭之交。

一直到回家，甚至接下來的那幾天假期裡，我整個人都開朗不起來，一顆心懸在杜靖宇身上，回不到自己胸口的位置。

整個人像被擰成一團，怎麼樣都不對勁。

假期結束後上課的第一天，我在新教室後面的女廁外面，遇見杜靖宇他們。

那是午休時間，我等糾察隊打過班級午休秩序分數後，偷偷站起來，躡手躡腳地走出教室，決定不再欺負自己的膀胱。

可是當我從女生廁所走出來時，卻聽見我的左後方傳來窸窸窣窣的講話聲。

我左右張望著，午後的校園一片寧靜，只有吵嚷喧囂的蟬鳴聲，根本就沒有什麼人影。

廁所後方是單車停車棚，我把身子靠在廁所旁只及腰高的矮牆上，把頭伸出矮牆外，一定眼，居然望見一群人正靠在男廁外牆邊抽菸。

抽菸？他們竟然在抽菸！

我覺得我的人生眞精彩，先是看見一堆人打群架，再來又看到一堆未成年的學生，聚在一起偷抽菸！

「張詠恩，妳在幹嘛？」那群人裡，有人出聲叫住我，害我想躲都來不及。

「你……怎麼會是你？」我望著杜靖宇，瞳孔瞬間放大三毫米。

杜靖宇站起來，拍掉褲子上的灰塵，筆直地朝我走過來。

他還沒走到我面前，我已經聞到從他身上飄散過來的菸草味。

「你抽菸？」雖然刻意壓低聲音，卻壓不住驚愕的語氣。

「是啊，怎麼樣？」杜靖宇笑得好輕鬆，好像這件事非常稀鬆平常。

「杜靖宇，你才幾歲？怎麼可以抽菸？」我有些生氣，他還未成年，怎麼買得到菸？爲什麼要這樣墮落？爲什麼要糟踏自己的身體？

「這沒什麼啊，就跟吃飯喝水一樣，不是嗎？」

「才不是！」我眞的想不透是誰灌輸他這種偏差的觀念，「你不知道抽菸很不好嗎？」

「我知道啊。」杜靖宇還是一派雲淡風輕，「會得肺癌、口腔癌、喉癌、泌尿器官癌，還有心血管疾病。」

「你都知道，那爲什麼還要抽菸？」

我除了生氣杜靖宇吊兒郎當的態度，更多的是驚訝，他爲什麼知道抽菸會得那麼多種病，而我卻只知道一個肺癌？

明明同年紀，我的知識跟常識，怎麼老是有跟不上他和邱昱軒的感覺？

邱昱軒從小涉獵各種領域的書，所以懂得比同年紀學生多，這我可以理解，但杜靖宇除了打架、除了一天到晚找機會挑戰校規之外，他居然能懂得這麼多，他不是功課不好嗎？

▽▽就像潮汐的牽引，愛一個人的感覺，也有盈滿與缺損，喜歡的感覺無法恆久在全滿的位置，我讓自己的愛維持在永遠的八分滿，只給妳雋永的喜歡。△△

「又沒有什麼大不了的，妳那麼激動做什麼？」杜靖宇很隨性地撥了撥額前快遮住眼睛的頭髮，陽光灑了他一身。

「什麼叫沒什麼大不了的？」我低叫：「萬一被訓導主任發現，你要怎麼辦？你幾支大過了？再加上一支，看你還要不要在這個學校裡混？」

杜靖宇搖搖頭，「妳知道嗎？妳有時候眞的很不可愛耶！老是愛大驚小怪，老是墨守成規當乖寶寶，老是要壓抑自己的想法，老是說不可以這樣、不可以那樣，到底有沒有什麼是妳可以自己做主的事？」

杜靖宇的聲調並沒有提高，但那些話卻鏗鏘有力地震得我無力反駁。

「老是照別人希望的樣子走，不無聊嗎？妳是妳，不是他們，妳就不能走妳自己想走的路嗎？」

我不知道該說什麼，再多的話，終究也只能用無聲來回應。

我沒想過自己要走的路嗎？邱昱軒有自己的理想，他想當醫生；杜靖宇想過自己的生活，不要他爸爸的約束；那我呢？

我的腦袋不停運轉著，我記起國小二年級的時候，有一次老師叫我們寫一篇「我的志願」的作文，我那時的志願是當媽媽。

那時年紀小，我的世界裡只有爸爸跟媽媽，爸爸工作忙，幾乎成天不在家，媽媽變成我跟妹妹的守護神。小小年紀的我，覺得媽媽是全世界最厲害的人，我希望自己以後也可以變得像媽媽這麼厲害。

可是那篇作文害我被爸爸罵，爸爸說我沒志氣。我年紀還太小，不知道志氣是什麼，只是永遠記得我的志願不能是當媽媽，否則爸爸會生氣。

不能當媽媽，那我能當什麼呢？我後來就沒再思考過這個問題，長大對我來說，還太遙遠。

可是我沒有自己的主見嗎？

當然有！

在我的心底，住著一個小惡魔，每天都試著想顛覆生活，蠢蠢欲動的叛逆，隨時有伺機而動的準備，只是惡魔的念力太薄弱，抵不過內心恐懼感的壓力，也沒有足夠的勇氣去叛變。

我當然想走自己的路啊，可是我的路應該怎麼走，到現在我還是模糊不清，家人爲我安排的一切，我只能視爲理所當然地順從。

我只能這樣，只能這樣了……

可是我不快樂，眞的很不快樂，我不知道自己的人生目標在哪裡，每天每天，似乎只是在痛苦的輪迴裡一再打轉，週而復始地痛苦著，讀不完的書、聽不完的嘮叨、承受不完的壓力，我的世界，是憤怒與淚水交織而成的絕望境地。

心裡其實一直都不好受，只是一直壓抑著，我知道跟我一樣的人很多。

但是現在，杜靖宇的那些話，卻狠狠地衝擊著我。

像快窒息了一樣，有股氣悶在胸口，怎麼都吐不出去。

我的眼前浮出一層薄薄的淚。

「妳幹嘛？」杜靖宇看見我眼眶一紅，反而慌了手腳，整張臉都急紅了。

杜靖宇不問還好，這一問，我的眼淚反而一發不可收拾。

也不是故意要哭給杜靖宇擔心，只是這一陣子，整顆心都懸在杜靖宇身上，生活加上心理雙方面的壓力，把我搞得好累，脆弱得幾乎每天都有想哭的衝動。

然而，我太習慣壓抑，老裝作什麼事情都沒有的樣子。

但是騙別人很容易，騙自己就很難了，我知道自己一點都不堅強，心不在自己身上，走到哪裡，軀殼裡永遠是空的。

杜靖宇一直在我耳邊問我怎麼了，他那群兄弟則全都站在離我們一小段距離的地方，隔海觀戰。

「你到底知不知道……知不知道我對你……對你……」我抽抽噎噎地，話說得斷斷續續。

我決定我不要再當縮頭烏龜了，喜歡他爲什麼不說出來？老是壓抑自己，到底有什麼意義？

如果我的人生只能接受家人的安排，那至少，在感情上，我要自己作主，只要這樣就好了。

我要把自己體內的那隻鴕鳥宰掉，從今天開始，我要做自己的主人。

可是表白的話才說到一半，我曙光乍現的勇氣，就在杜靖宇的注視中，迅速萎縮掉。

我體內那隻鴕鳥已經被我養了十幾年，要殺死，恐怕也不是一時間就能辦到，好吧！那就來場長期抗戰吧！今天姑且饒牠一命。

「妳怎樣？」杜靖宇好奇地追問。

「我……我對你……對你……」不知道為什麼，我就是說不出口，我感覺自己的腳已經微微在顫抖了。

「妳說不出來嗎？沒關係，那不然我問，妳點頭就好。」

我點頭，雙手還不停地抹著從眼裡滿溢出來的淚水。

「妳很討厭我嗎？」

我搖頭。

「那是不是有點喜歡我？」

我還是搖頭。

「喔，不喜歡我，也不討厭我嗎？」杜靖宇的口氣裡有明顯的失望。

我依然搖頭。

「那妳知道我喜歡妳嗎？」

一聽見這話，我的臉頰馬上火辣辣地滾燙起來。

我輕輕地點點頭。

「可是妳又不喜歡我……」

「誰說的？」我一急，忍不住出口。

「妳自己說的啊，我問妳是不是有點喜歡我，妳搖頭。」

「我搖頭是因為我不是有點喜歡你，我……」我深吸了口氣，勉強穩住跳得完全失去規律的心跳，脫口說出：「我是太喜歡你了。」

緊接著是一陣讓人難堪的沉默，我覺得很丟臉，我告白的聲音好像太大了點，大概連杜靖宇那些朋友們也都聽到我的告白了。

我瞥見他們交頭接耳地不知道在討論什麼，然後一群人朝我們的方向看，又曖昧地笑著。

杜靖宇沉默了一、兩分鐘，然後又開口：「嗯，我知道了。」

音調平淡得像白開水一樣，沒有一點點高低起伏。

就這樣？就只是這樣？他沒有笑也沒有其他表情，就只是淡淡的一句「嗯，我知道了」，這算什麼嘛？我人生中的第一場告白耶。

我好想哭喔，眞的好想哭，可是現在卻有種欲哭無淚的無力感。

難道杜靖宇其實沒有我想像中地喜歡我？

還是他只是爲了證明自己的魅力，故意說喜歡我，故意對我好，要引我上鉤，然後確定我喜歡他之後，他就對我沒興趣了？

杜靖宇安安靜靜地從我身邊走過，朝學校操場的方向走去，什麼話都沒有說，我只是一臉錯愕地望著他的背影，心裡在淌血。

我是笨蛋、我是笨蛋、我是超級大笨蛋！沒事幹嘛要承認自己喜歡他？現在好了，搞了一個大笑話。

杜靖宇贏了，他贏得好輕鬆，既沒花時間追我，也沒奉上什麼甜言蜜語，而我就這樣傻傻地上當，我眞的是大笨蛋！

「耶！」忽然，走得遠遠的杜靖宇就這樣跳起來大喊，然後他轉過身來，在我還搞不清楚是什麼情況時，聽見他用手圈著嘴巴大喊：「我也喜歡妳，很喜歡很喜歡，比妳想像中的還要喜歡妳。」

他一喊完，馬上頭也不回地跑掉了。

他那群兄弟開始鼓譟起來，有幾個人經過我身邊時，還對我比出大姆指。

我覺得好丟臉，杜靖宇這一喊，大概全三年級的人都聽見了，我發現有好幾個班級的窗口，都有人探頭出來看。

我連忙躲進廁所裡，把滾燙的臉埋進掌心，有一朵微笑，卻在掌心裡燦爛地綻開了。

▽▽承認喜歡一個人，是件勇敢的事；要把一個人的影子從心裡拔除，需要很多的勇氣。我很勇敢，卻總是沒有勇氣，所以是的，我只能喜歡妳卻沒辦法遺忘妳。△△

愛情，大概就是這樣開始的。

從一開始的曖昧、默認彼此感情，到後來的相互告白、確認情感依歸，我的眼淚總算沒有白流，那些苦澀難熬的日子，也都值得了。

「讓我來追妳吧。」杜靖宇這樣跟我說。

他說以前害怕自己被拒絕，所以總是不敢表現出太喜歡我的樣子，只能偷偷地窺視我的一舉一動，故意從我們教室前面經過，看我一眼就很快樂。

「太喜歡，反而會害怕，也不知道爲什麼。」杜靖宇羞著臉搔頭的模樣眞的可愛到不行。

我們開始祕密約會。

約會地點就在男廁後方的停車棚邊，中午時候，我常會拎著便當去那裡找杜靖宇，兩個人坐在一起吃午餐。

杜靖宇那些朋友則很識相地一群人坐得離我們遠遠的，只是還是打打鬧鬧吵得很，有時還會朝我們兩個人發出搞笑的噓聲。

「唉唷，談戀愛咧。」他們最喜歡用這句話取笑我跟杜靖宇。

一開始，我坐在杜靖宇旁邊，還是會緊張得不知道該怎麼辦，但漸漸熟悉了之後，手腳冰冷、心跳加速、臉頰潮紅這些奇怪症狀也不藥而癒了。

我現在逐漸可以用跟邱昱軒相處的模式，來和杜靖宇相處。

當然在杜靖宇面前，我會淑女得多，至少不會對他拳打腳踢。

開玩笑！我怎麼能把自己的白馬王子嚇跑？

但是談戀愛眞的是很傷神的一件事，我想念杜靖宇的時間越來越多，念書的時間越來越少，常常晚上坐在書桌前，一坐幾個鐘頭，卻什麼都沒讀進腦裡去，反倒是杜靖宇的名字，被我密密麻麻地寫滿在計算紙上。

如此放縱自己的日子過了好幾個禮拜，後果終於忠實呈現在我的第一次段考成績上。

當我拿到自己的成績單時，整顆心紊亂到不知所措。

兩科成績不及格哪！

我抖著手從老師手上拿回自己的成績單，一路鐵青著臉走回座位，眼睛酸、鼻子酸，整個腦袋鬧哄哄地，像有什麼東西在裡面炸開。

下課時間，我躲到女生廁所，哭了又哭，我回家一定會被爸爸罵死，我媽一定又會鬼哭神嚎地直嚷自己不知道造了什麼孽，怎麼教出一個不會念書的女兒來。

我從來沒考過這麼糟的分數，兩科不及格！我眞的不知道該怎麼辦。

中午時，我沒有出去找杜靖宇，趴在自己座位的書桌上，眼淚一直一直掉。

戴淨亭坐在我前面安慰我，班上其他同學則根本視而不見我的傷心。

這就是升學班！冷漠疏離，只想努力打擊對手，能踹走一個對手是一個，眞心的朋友很少，每個人都巴不得把你打倒在地，只有你倒下，他們才能站在你頭上繼續往上爬。

杜靖宇大概等了很久都沒等到我的人，於是託人來我們班上找我。

我紅著兩隻眼睛，跟在他朋友身後走，來到杜靖宇面前。

「妳怎麼了？」看見我像小白兔一樣的紅眼睛，杜靖宇緊張地問我。

「考試考壞了。」我據實以報，說完，眼睛又開始下雨。

杜靖宇七手八腳地安慰我，又用自己的姆指幫我抹掉眼淚。

「又不是什麼嚴重的事，妳下次努力點就好了啊，不要哭了……」杜靖宇又急又心疼地不斷安撫我。

「你不知道我爸媽有多兇、多囉嗦，我回去一定會被他們打死的啦！我從來沒考得這麼爛過，怎麼辦哪？」

我不敢回家，可是又不知道可以躲到哪裡去，好煩喔。

我很清楚，這次的段考，我根本沒有用心準備，寫考卷時，題目都似曾相識，但答案就是怎麼都想不起來；考完試，我的心情並沒有比較輕鬆，反而比考試前更忐忑，只是我怎麼都想不到分數居然會這樣低！

眼淚一直掉個不停，午休打鐘時，我臉上的淚痕還沒乾，低聲跟杜靖宇說了聲我要回教室後，就一路哀傷地低著頭哭回教室去。

趴在桌上，睡不著又不能起來，這時間導護老師跟糾察隊最喜歡突擊檢查打分數，萬一害班上被扣分，我一定會被怨恨死。

戴淨亭偷偷放了張紙條在我的抽屜裡，在我伸手進抽屜拿面紙擦眼淚時，紙條才被我翻出來。

上頭只是簡簡單單地寫了幾句安慰我的話，卻讓我十分窩心。

戴淨亭真的是個很棒的女生，她總是在我最需要的時候，站在我身邊安慰我。

下午上課時，我還是沒辦法專心聽課，整個心情像團被扯亂的毛線球，毛毛躁躁的，很想躲到沒有人找得到我的地方去，好好大哭一場。

「妳怎麼了？」放學時，邱昱軒在校門口一看見我眼睛紅紅的，忍不住開口問我。

「考壞了。」我才一說話，眼睛又濕了。
「很嚴重嗎？以前看妳考壞了，也沒這樣哭過，到底是考幾分？」
「兩科不及格，其他幾乎都低空飛過。」我喉嚨一窒，眼淚開始嘩啦啦地流。
邱昱軒沒再說話，只是安靜地遞面紙給我，安靜地陪我走路。
我哭了幾分鐘，哽咽的哭泣聲漸漸止歇，不能再哭下去了，今天哭太多，哭得頭好痛，等等回到家後，還有得我哭的呢！
「妳……」邱昱軒好像要說什麼話，但才一開口，馬上又噤聲了。
「怎樣？」我紅著眼，鼻音好重。
邱昱軒沒看我，低頭走路，一顆小石頭在他腳下，被他踢來踢去。
他好像在思考該怎麼開口跟我說話，我轉頭去看著邱昱軒，好奇著他到底想說什麼。
「到底是什麼事？」
邱昱軒嘆了口氣，揚起頭，臉色卻有些沉重。
「不知道妳最近有沒有聽見一個傳聞。」他說。
「什麼傳聞？」
「一個和妳有關的傳聞，妳跟杜靖宇的。」邱昱軒小心翼翼地說著。
我的耳朵聽見一陣又一陣的悶雷聲，腦袋震驚得完全無法思考。
「我不知道傳言是從哪裡開始傳開的，但有人說杜靖宇很喜歡妳，也有傳言說你們現在……正在交往。」邱昱軒又說。

我沒有說話，我可以否認的，我可以說謊的，但我卻不想欺騙邱昱軒。愛情來臨時，那種驚天動地的磅礴氣勢讓我無可抵擋，雖然不想張揚，但我也沒有辦法否認。

喜歡就是喜歡，誠實不見得比欺騙來得糟，我喜歡杜靖宇，這是不爭的事實。

儘管我一直很努力地想要維持自己原有的生活方式，但在自己看不見的另一個角落裡，我很明白自己已經慢慢地在改變。

總是會成長，我想這就是過程，而未來太難掌握，所以我不知道未來的我們會變成什麼樣，或好或壞都是一種歷練。

▽▽一直到遇見妳，我才發現原來自己是這樣地貧瘠荒蕪，愛情是種養分，它能讓一個人的心田變得豐盈，而我盼望妳是我的園丁，終日灌溉我心裡的漠地。△△

「其實只是一些無聊的傳言，我想說妳今天心情不好，說給妳聽，也許妳也會覺得好笑，笑一笑，心情就不會那麼糟了。」

邱昱軒笑得好不自然。

我想他應該多少也有些懷疑傳言的眞實性吧。

「是眞的。」我不經思索就脫口說出來。

「什麼?」

「傳言……是眞的。」我抬起頭來，迎向邱昱軒的眼睛。

邱昱軒瞪著我看了幾秒鐘後，笑了。

「張詠恩，這不好笑。」

「我沒有騙你。」我輕聲說：「我跟杜靖宇在交往，是眞的，已經好幾個星期了，我們還曾經一起出去看過電影，也吃過飯。」

邱昱軒臉上的笑意瞬間不見了，他臉上有種突然被人揍一拳的震驚。

「妳……怎麼可能?」邱昱軒面如死灰，一雙眼失去了光彩，灰濛濛的，完全沒有生命力。

「我也不知道我跟他會走到這一步，以前我還很討厭他，他身上的缺點搞不好比優點多，會打架鬧事、會罵髒話、會挑戰校規、會跟訓導主任頂嘴，前一陣子還被我發現他會抽菸。」我搖搖頭，接著說：「可是我就是喜歡他，我也說不上來爲什麼，那種感覺很奇妙，只要他一出現在我面前，我的眼睛自然而然地就會追隨他，移都移不開。」

「但妳還這麼小，怎麼懂愛情呢?妳有沒有搞錯?說不定妳只是一時迷戀，其實並沒有那麼喜歡他，也可能是因爲他的行爲比較與眾不同，妳才被他吸引，其實妳對他的感情不一定是男女生之間的喜歡。」

「我想過了，你知道我喜歡他多久嗎?很久很久了，從我在練習跳遠，他常出現在操場的另一邊時，我就確定自己喜歡上他了，那種喜歡的感覺很眞實，不是一時的衝動或迷戀，你會想知道他心裡的想法，你會在乎他，當他出現，你的眼裡只看得見他，其他人都不存在了……這種感覺，你知道嗎？」

邱昱軒的神色毫無生氣，臉上有種哀莫大於心死的悲悽。

「我懂。」他停下腳步，眼睛定定地看我，「我懂那樣的感覺。」

「啊？」我也停下腳步，好奇地看著他。

「一直以來，我的眼光也只繞著妳轉，看不見其他的人。」邱昱軒說：「我以爲妳懂的，就算妳不懂，我也認爲只要我一直等下去，總有一天妳一定看得出來，只是我怎麼也想不到，我會輸給杜靖宇！」

我呆住了，瞠目結舌地看著邱昱軒，他到底在說什麼啊？

「爲什麼會這樣呢？我們兩個人從小一起長大，不管是感情或是彼此認識的程度，都比妳跟杜靖宇的還要深，爲什麼妳選擇的是他，不是我呢？」

邱昱軒低下頭，兩隻手抱著自己的頭，聲音小得近乎呢喃，但那些話，卻仍能清楚地傳進我的耳裡。

「邱昱軒……」我拉拉他的衣角。

心裡很亂，我從來沒看過邱昱軒這個樣子，他不是永遠都會對我笑？不是像一盞明燈，總是能指引我往明亮的方向前進嗎？

爲什麼現在的他看起來不再明亮？失去光亮的黑暗中，我不知道自己該何去何從。

邱昱軒始終對我很好，我們之間也一直維持著一種微妙的關係，像兄妹又像好朋友。我喜歡他，卻從來沒有仔細想過兩個人愛情上的可能性，我以爲我們會這樣一直感情單純地要好到老。

邱昱軒抬起頭來，眼眶紅紅的。

我不敢置信地盯著他的眼睛看，邱昱軒在哭？還是他剛才趁我不注意時，打了一個哈欠，所以眼眶泛紅？

「我沒事，妳不要被我的話嚇到，就當我是在胡言亂語就好。」邱昱軒勉強擠出一個不成功的笑容。

我看了，卻好心酸。

「邱昱軒……」我拉住他的手臂，感覺他的身體明顯震動了一下，「也許我不懂得愛情，可是我很明白自己喜歡杜靖宇跟喜歡你的感覺是不一樣的，你就像是我的守護神，你會保護我，會努力逗我開心……可是我卻想當杜靖宇的守護神，想保護他，想逗他開心……」

「不要再說了，張詠恩。」邱昱軒的聲音還是溫柔低沉，他轉頭不讓我看見他臉上的表情。

「我……」

「眞的不要再說了，張詠恩，我沒有妳想像中那麼堅強，妳能體會當你全心全意守候一個人，耐心等他長大，期盼他有一天可以懂得你的心情，等待他有一天能夠接受你的愛情，卻發現在等待的過程中，你的先發權被別人搶走的那種難過嗎？」邱昱軒的聲音變得沙啞，

「我想妳不會懂。」

我想說些什麼話，但眼淚卻搶先一步溢出。

看見邱昱軒這樣，我好難過，我不是不喜歡邱昱軒，只是這樣的喜歡不是愛情，感情不是建築在等待上，同情換來的感情，並不是眞實的。

「可是……可是感情又不是先排隊就能先贏的。」

先認識並不表示就一定會互相認定，緣分有深淺，深的也許有一天可以變成彼此情感上的寄託，淺的或許一輩子就只是好朋友。

邱昱軒沒說話，也沒轉過頭來看我，他靜默了好幾分鐘後才又出聲：「我懂，我眞的懂，只是……很難接受，但妳不用擔心，我會自己想通，不會爲難妳。」

淚水像下不停的梅雨一樣，從我的眼裡不斷流下。

「沒事的。」邱昱軒聽見我哭泣的哽咽聲，終於轉過頭來看我，用自己的手幫我擦去眼淚，「不要想太多，一切都是我自己一廂情願，我沒有要讓妳難過的意思。」

可是邱昱軒對我越是溫柔，我就越有愧疚感。

但是我眞的沒有辦法用面對異性的眼光與態度去看待、去喜歡邱昱軒，杜靖宇的影子在我心中太清晰了。

「回去好好睡個覺，這試考試考壞了，下次要努力一點。」送我到家門口時，邱昱軒努力地對我微笑，儘管聲音啞啞的，卻還是充滿溫柔，「剛才那些話，妳不要放在心上，不要鑽牛角尖，沒什麼的，不用擔心我。」

我怎麼可能不擔心？邱昱軒一副看起來快哭的樣子，我怎麼可能不胡思亂想？

他只是一直在勉強自己，我知道。

可是我覺得自己已經沒有資格再對他說什麼話了，傷害他的劊子手是我，雖然無心，但傷害終究已經造成。

愛情，是一道太難解的證明題。

套不進公式，找不到舉證，只能在微笑與淚水之間流轉。

就像邱昱軒說的，我們的年紀都還太小，還不可能眞正懂得愛情。

只是，愛情不需要去懂，只要用心感受就好，我一直是這樣認爲的。

▽▽喜歡一個人，需要耗盡多大力氣，才能證明愛情的存在呢？我已經費盡所有心力，卻在堅執等待與守候之後，仍聽不見愛情朝我輕踏而來的聲響。△△

看見我的考卷後，我爸暴跳如雷地大聲斥責，罰我跪在客廳面壁思過，嘴裡不斷吐出一句句怒罵的言語，好像我犯了什麼滔天大罪。

我媽站在一旁哭哭啼啼，有時拉拉我爸，要他講話不要太衝，有時又叫我自己要反省一下考不好的原因，已經三年級了，不能再這樣迷糊下去。

我以為自己會哭，但此時此刻，眼睛卻乾涸得像兩座枯井。眼淚，大概已經在今天全流光了。

現在我整個腦袋全繞著邱昱軒打轉，聽不見那些時大時小的訓斥聲。

我很擔心邱昱軒，我知道他現在一定不好受，我很想打電話給他，聽聽他的聲音，確定他一切都安好，這樣就好。

但我爸媽還在我耳邊對我疲勞轟炸，我走不開，況且今天他們這麼生氣，我看我大概也不用想碰電話一下了，等等他們只要肯放我回房間去睡覺，我就謝天謝地了。

杜靖宇一定還在擔心我吧！

一想到今天中午他又急又心疼地拚命安慰我的模樣，眞的好窩心。

跟杜靖宇交往的這段時間裡，我深深感覺到，他是個很溫柔的人。

他對我說話時，總是輕聲細語，像怕嚇著我一樣；他在我面前講話會特別小心，不會讓一些難聽的字眼從嘴裡冒出來；他的衣衫不整，偶爾還會被我抓到偷抽菸，但卻十分留意我的衣著，我只要領子沒翻好，他就會伸手幫我整理、順順頭髮，我一走近他們，他會叫所有的人不准抽菸，身上有菸味的人全都要離我遠一點。

「抽菸不好，吸到二手菸更不好，我不要妳被他們污染。」杜靖宇溫柔的時候，眼睛總會放電，我會被電得昏頭轉向。

「可是你有時也會抽菸。」我曾不滿地向他抗議。

「妳不喜歡的話，我會改掉。」他說。

後來有幾次，我還是聞到他衣服上有淡淡的菸草味，向他詢問時，他說：「我沒有抽菸啊，都是他們抽菸啦，薰得我身上都是菸味。」

他裝無辜的模樣，總是能把我逗笑。

雖然不知道他到底是不是背著我偷抽菸，但我相信他會改，就像他跟我承諾過不會再打架跟騎機車一樣，我知道他會爲我改變。

感情有了寄託，生活也有了重心，整個人都踏實了。

被爸爸赦免處罰，已經是晚上十點多的事。

我洗過澡回房間後，根本就沒有辦法坐在書桌前看書，整顆頭重得要命，太陽穴的血管像要爆開一樣，一直嗡嗡地跳動著，每跳一下，我的頭就痛一次。

今天一整天，我像打了一仗一樣，整個人累到要虛脫。

什麼都不想管了，等等會被爸媽再挖起來罵也無所謂，反正我已經決定今天不看書，我累得只想好好睡一覺。

那些惱人的事，全都丟給明天吧！

隔天一早，邱昱軒還是來我家接我上課。

「早。」他微笑著向一臉睡眼惺忪，腦袋還在沉睡的我打招呼。

「早。」一看到他，我馬上想到昨天下午發生的事，整個人也清醒不少。

上學的途中，我還偷瞄邱昱軒，想確定他是不是眞的沒事。

「幹嘛一直偷看我？」頻頻偷瞄的結果，我還是被邱昱軒抓包。

「沒有啊。」我回答得很心虛。

「想知道我心情好點了沒，是不是？」邱昱軒一語道破我的心思。

我沒有說話，只是點頭。

「沒這麼快復原好嗎？傷口還一直在流血，根本都還沒結痂，我只是一直在強顏歡笑而已。」

邱昱軒用一種事不關己的語氣說著，讓人察覺不出他到底是認眞的還是開玩笑。

「不過妳眞的不用擔心，也不要跟我說抱歉，我不是那麼不講理的人，就算心裡很難過，也不至於對妳惡言相向，不過對杜靖宇，我就不知道了。」邱昱軒笑著，「妳先幫我傳話給他，叫他小心點，下次如果他不小心讓我碰見，我一定一拳揍扁他。」

我噗嗤一聲笑了出來。

眼前浮出一層薄薄的淚，我用力地眨眼，想把眼淚吞回去。

並不是想哭，我只是很感動，上天總是安排一些很棒的人在我身邊，他們會溫柔地對待我，會努力不讓我受傷害，會容忍我的任性與孩子氣。

邱昱軒是這樣，杜靖宇是這樣，就連戴淨亭也是這樣。

「邱昱軒，我知道現在說什麼都是多餘的，但我眞的很喜歡你，即使不是男女生之間的那種感情，但你對我來說，是生命中很重要的一個人，你對我的重要性，是連杜靖宇也比不上的。」

風揚起我的裙襬，我在風中看見邱昱軒唇角淡淡的微笑。

如此清逸、如此優雅，像天使一般的邱昱軒，總是帶給我淺淺的幸福，總是能讓我安心依賴，只要有他在，我的世界就永遠是晴天。

中午，我一如往常地拎著便當去找杜靖宇吃飯。

「妳來啦？」杜靖宇看見我恢復正常，臉上浮現如釋重負的笑容。

「嗯。」我點點頭，送他一個甜甜的笑。

我不是那麼適合憂傷的人，不快樂的事總是忘得很快。

「妳昨天那樣，讓我好擔心。」

「對不起，因爲考試考壞了，我心情很不好。有沒有嚇到你？」我偏著頭，笑得淘氣。

「當然有。」杜靖宇伸手摸摸我的頭，眉間、眼裡都布滿溫柔。「看妳昨天那樣，我好自責，一定是我害妳在功課上分心。回家後我想了很久，如果我們交往會讓妳成績退步，那我們可以先分開一段時間，我不想再看見妳哭，我可以等妳，多久都沒關係，只要是對妳好的，就算會難過，我都可以熬過去。」

「我不要。」我皺著眉，杜靖宇的話讓我好不安心，「我才不要跟你分開，我喜歡現在這樣，考試考不好是我自己不用功，才不是你的關係，我下次再努力一點就好了。」

我任性的話，卻讓杜靖宇笑了。

「眞像小孩子耶妳！」杜靖宇瞇著眼笑，然後背靠著牆仰望天空，「可是這樣的妳，好可愛。」

我想我的臉一定像顆紅蘋果，杜靖宇他說我好可愛，哈！他說我可愛呢。

杜靖宇，你也很可愛啊，雖然我始終沒有對你說過，但在我心裡面，你一直都是一個很可愛的人。

我喜歡你，是的，杜靖宇，我喜歡你。

▽▽我一直相信，人一生的相遇，絕非偶然，有些緣分是前輩子就注定好，有些則是你窮盡此生拚命追求而來的。妳，就是我努力了前輩子與這輩子的結果。△△

有人說，愛情與事業，很難兩者兼顧。

我沒有事業，只有學業，但相同的邏輯套用在我身上，也得到同樣的證明。

當我的愛情越走越順利的時候，功課卻開始一蹋糊塗。

我並沒有信守承諾用功念書，反而花更多時間在寫信或塗鴉寫心情上，課本裡的字，全都變成舞者，我一翻開書，它們全串通好在我眼前跳舞。

「妳昨天有沒有好好念書？」杜靖宇常常一想到就這樣問我。

我點頭如搗蒜，嘴巴沒回話，眼睛也不敢看他。

「可是妳最近的小考成績都很差。」神通廣大的杜靖宇不知為什麼，總是能知道我的小考分數，我猜一定是我們班有內奸。

我無所謂地笑笑，馬上說些話轉移杜靖宇的注意力。

我想我是麻痺了吧！

自從那次段考成績考不理想，之後又陸陸續續把幾次小考搞砸後，原本會緊張的心，已經漸漸麻木了。

考試考得好又怎麼樣呢？也許就像杜靖宇說的，人生的成就不是取決於分數，一定有其他更值得你去努力的部分。

我覺得自己似乎不是讀書的料。

只是後來，連邱昱軒也看不下去了。

「妳到底要自甘墮落到什麼時候啊？」有次回家的途中，悶了一整天不說話的邱昱軒終於開口。

然而我怎麼樣也想不到，他一開口，就是這種指責的語氣。

我有些錯愕，瞪大了眼看著他。

「妳的功課一直退步，妳到底知不知道？」

我點頭。

「那妳怎麼還一副無所謂的樣子？剩下不到一年的時間了耶，妳不要把所有心思都放在杜靖宇身上，用點心在功課上，行不行？」邱昱軒的語氣很急，一急聲量就大起來。

我怔忡地望著他。

「可是……可是我沒有辦法，我根本不是讀書的料……」

「什麼不是讀書的料？少說那些幼稚又不負責任的話了！是誰灌輸妳這種奇怪的觀念？杜靖宇嗎？」

邱昱軒氣急敗壞，一張臉鐵青得彷彿隨時都要一口吃掉我。

「念那麼多書有什麼用嘛？你告訴我啊！」我也火了，「每天背一堆書，上那些國國英英數的課，除了讓我覺得厭煩，我到底能學到什麼？成天腦子轉啊轉的，塞一堆東西進去腦袋裡，也不管腦容量有多大、能不能吸收那些東西，總有一天我會腦神經衰弱。」

「張詠恩！」邱昱軒吼了一聲。他一吼，我馬上被嚇得再也吐不出半句話來。

原來邱昱軒生起氣來是這樣子的，面目猙獰得好嚇人。

「好！妳要這樣自暴自棄，我沒有話說，妳自己好自爲之。」

邱昱軒轉身要走，我的腦袋還來不及思考，身體已經往前衝去，拉住他的衣角，用可憐兮兮的語氣叫他：「邱昱軒……」

鼻子一酸，我的眼淚瞬間凝聚在眼眶內。

「邱昱軒，你不要不理我啦。」並不想哭，聲音卻哽咽起來。

這一刻我才清楚地發覺，其實我還是有些在乎的，有好幾個夜裡，我夢見自己的考卷被寫上零分，哭著從夢裡醒來。

看自己的成績一直往下掉，多少也會緊張，可是我沒有力挽狂瀾的決心，每次只要下定決心要更用功，那些自我承諾的信誓，都會在看到杜靖宇的微笑後，徹底崩解。

我也不明白這是什麼道理，只是整個腦袋裡，每天都只想著要看見杜靖宇。只要能陪在他身邊，就覺得滿足了。

對我來說，杜靖宇就是整個世界。

漸漸地，生活重心全繞著他轉，其他的事都變得不重要。

我當然也反省過，但每次的反省都無疾而終，永遠只有過程，卻不見結果。

邱昱軒嘆了口氣，緩緩地轉過身來。

「妳再這樣下去，真的不行。」邱昱軒軟化的語氣裡，有我習慣的溫柔成分。

「我知道，我知道啊，可是我……可是我真的沒有辦法……我就是沒有辦法嘛……」

我像個孩子似的哭起來，手背上沾滿了淚水。

「到底是哪裡沒有辦法？學習有障礙嗎？還是上課聽不懂？」

「不是不是，都不是啊……」我拚命搖頭，「我根本就沒有辦法專心，課本裡的字都像會跳舞一樣，我的眼睛抓不住它們。」

「什麼意思？」邱昱軒一臉茫然。

「我覺得自己的注意力沒有辦法集中，太容易分心了，所以就算一整晚坐在書桌前看書，真正讀進腦子裡的也有限。」我說。

「是杜靖宇的關係嗎？」

「什麼？」聽見杜靖宇這三個字，我馬上抬起眼來看邱昱軒。

「因爲妳滿腦子都想著杜靖宇，所以才沒有辦法用功念書嗎？」

我沉默了，有種被識破的困窘。

邱昱軒也沉默了，亮晃晃的陽光下，只聽見微風吹動落葉的細微拂動聲。

整個世界變得好寂靜。

「妳媽……昨天來我家找我。」良久，邱昱軒才又開口。

我心頭一震，望著邱昱軒，卻說不出話來。

這一陣子，我跟家裡的關係並不好，回到家就習慣性地把自己關進房間裡，只有吃飯時才走出房門，在飯桌上，我也一句話都不說。

從第一次段考之後，我跟家人之間的疏離感就越來越嚴重，家，曾經是我避風的港口，現在卻像旅社一樣，變成我休憩的地方。

我不是記恨，只是不知道要怎樣開口去說話，爸爸的表情總是嚴肅，媽媽的眉頭總是深鎖，我也已經不再是小時候那個愛撒嬌的女兒。

什麼都變了，沉重的功課壓力把我逼得喘不過氣來，也把爸媽逼得不得不嚴厲地管教我，尤其我正處於青春期，容易變壞、喜歡把重心放在朋友身上、很容易就會被朋友影響。

我什麼都知道，我當然知道他們對我嚴格是基於望女成鳳的期盼，他們擔心我將來吃苦，所以希望我能多讀點書，也許以後可以比較容易找到工作，至少不會去當女工。

只是，我刻意的沉默，把自己封閉起來，無形中，已經把自己跟父母之間那道牆越築越高，龐大的隔閡，拉遠了心與心的距離。

「妳媽很擔心妳，她說最近收到妳小考的成績單，妳考得很糟糕。她常常把成績單藏起來，不敢讓妳爸看到，怕妳爸會打妳。昨天晚上妳媽來時，眼眶紅紅的。」

邱昱軒的話，很輕易地又挑動我的淚腺，我哭得更嚴重了。

「張詠恩，妳眞的要讓妳媽這樣擔心下去嗎？我知道妳爸跟妳媽都管妳很嚴，可是再怎麼說，他們都是爲妳好。」

我點頭，拚了命地點著頭。

我知道，我全都知道啊，我也很愛他們，可是我眞的不知道要怎麼跟他們溝通，在學校裡壓力已經那麼大了，我希望回家後可以輕鬆一點，但他們只會把更多的壓力再往我身上壓，我永遠只聽得到責備，沒有鼓勵，這樣的生活，只是惡性循環，我很難過啊，但沒有人知道。

「我會……我會專心念書，不再讓我媽擔心了……」我用哽咽的聲音，對邱昱軒許下保證的誓言。

▽▽安靜地陪在妳身邊，眼睛只看得見妳，腳步也只能依循著妳的步伐走，前進或後退，左轉或右轉，我的去留全讓妳決定，然而妳聽見我的心說愛妳嗎？△△

只是，在我的努力還沒有發揮成效時，我跟杜靖宇偷偷交往的事，卻像炸彈一樣地爆發開了，轟炸的威力簡直讓我痛不欲生。

先前邱昱軒跟我說他聽見杜靖宇和我在交往的流言時，我根本就沒把這件事放在心上，天眞地以爲只要流言沒傳進自己耳裡，就不會有什麼事發生。

卻不知道早已有些多事者，刻意大肆渲染，故意誇張事態的眞實性。

他們背著我，竊竊散播著不實的耳語，那些認識的、不認識的人，連成一氣來編織一個屬於我，卻不眞實的故事。

流言傳進導師的耳裡，我在上課時間，被叫進導師室。

「聽說妳跟十七班的杜靖宇走得很近，有人看見你們兩個人公然在學校牽手？」導師圓圓的眼鏡玻璃片後面，是一對銳利的眼。

我的心臟狠狠地往胸膛撞擊了一下。

跟杜靖宇牽手？怎麼可能？我跟杜靖宇交往的這一段時間以來，除了每天中午會一起吃便當外，根本就沒有再進一步的發展。

牽手、擁抱、親吻，那些都不曾發生，除了第一次我跟杜靖宇出去吃飯、看電影，他在公車站拉我的手去追公車那次之外，我跟杜靖宇一直都沒有任何逾越的舉動。

「我沒有。」我態度堅決地否認。

「還狡辯！」導師突然用力拍桌子，我被她突如其來的動作嚇得心跳漏跳了一個節拍。「妳看妳的成績掉成這樣，上課老是不專心，妳不要以爲我都沒看到，那個杜靖宇有什麼好？壞孩子一個，那種人沒有未來的，妳幹嘛要浪費時間在他身上？」

「他才不是壞孩子！」我想也不想，就這樣直接把心裡的話衝口說出：「你們用成績來評論一個人，太不公平了。」

「張詠恩！」原本坐著的導師突然站起來，一臉快氣爆的表情，「妳還要執迷不悟到什麼時候？杜靖宇是什麼樣的人，我會不知道嗎？他老是打架又鬧事，品行不良，成績又不好，這種人我看多了，他的人生注定是失敗的。」

「他才不是！他運動很好，書法也寫得很好，他對朋友講義氣，從不會欺負弱小，他……」

啪！

老師二話不說直接就往我臉上甩了一個巴掌。

我撫著燙辣的臉頰，委屈的眼淚重重地從眼眶跌落下來。

「張詠恩，妳居然敢跟我頂嘴！」導師怒不可遏地瞪著我，聲音尖拔得好刺耳：「妳看妳，都已經被杜靖宇帶壞了，還這樣護著他！我今天一定要打電話給妳父母，讓他們管管妳，再這樣下去，妳的人生一定會完蛋的。」

我的眼淚流了又流，停不下來，心裡充滿無力感。

這就是現實社會！

不管杜靖宇在我心中的形象多麼完美，不管他多麼努力不再鬧事，大家還是會用先入爲主的觀念來對他這個人下判斷，從來沒有人肯客觀看待他的轉變。

「還有，我會把這件事告訴杜靖宇的導師，也會跟訓導主任說，到時杜靖宇會不會再被記過，我就不知道了。」

「妳怎麼可以這樣？」我失控地大叫。

「妳不用對我大呼小叫，這一切都是你們自作自受，怪不得我，妳現在只要給我好好念書，其他的事都不要多想，只要妳乖乖的，我就不會記妳過，聽見沒有？」

聽不見聽不見，我全都聽不見啊！

大人的世界好污穢，他們憑什麼用自己的喜惡來評判一個人的人格？憑什麼用這麼下流的手段去傷害杜靖宇？

我只是喜歡杜靖宇，只是成績掉了一些，又不是犯了什麼滔天大罪，爲什麼要這樣對待我們？

豆大的淚珠不斷地洗滌著我的臉龐，卻怎麼也洗不去我心裡濃厚的悲傷。

我到底該怎麼辦呢？

一回到家，首先映入眼簾的，是怒氣沖沖的父親，還有揪著眉的母親。

爸爸一看見我回來，馬上衝到我面前，二話不說地直接賞我一巴掌。

我摀著臉，忍耐著不哭。

「從明天開始，妳上學放學都由妳媽送妳去，妳不准再跟那個杜什麼的小鬼見面，回家後給我好好念書，哪個科目念不好，我就送妳去補習哪一科，妳聽見沒有？」

我還是沒有說話，心裡的叛逆性格就這樣被他們給逼出來，我終於體會杜靖宇爲什麼總要反抗他爸的心情了，我們都是吃軟不吃硬的人。

「看看妳教出來的好女兒，年紀輕輕就交男朋友，還一天到晚約會，改天肚子被弄大了，看我還要不要做人！妳成天待在家，女兒還管不好，妳這個母親是怎麼當的……」爸爸懶得罵我，居然開始罵起媽媽來。

媽媽一臉哀傷地坐在沙發上，眼眶紅紅的。

好難過，我的心揪得緊緊的，一切都不關媽媽的事，她那麼盡心盡力地保護我跟妹妹，那麼用心扮演好一個母親的角色，雖然對我跟妹妹都很嚴格，但我卻很明白，她這麼做都是爲我們好。

這一陣子來，我發現向來愛笑的媽媽，漸漸變得憂鬱了，她的沉默取代嘮叨，雖然我從來沒有跟她正面起過衝突，但我卻用自己無聲的抗議來傷害她。

這一刻，我突然明白媽媽的壓力有多大，她夾在我跟爸爸之間，我成績不好，爸除了罵我之外，還會怪罪媽媽不會教小孩，媽媽又不想給我太大的壓力，報紙上一天到晚報導小孩承受不住壓力自殺的消息，媽擔心給我太多壓力我也會想不開。

所以她一直在容忍我的任性，還有爸的無理。

「不關媽媽的事……不關媽媽的事……」我先是小小聲地說，但聲音太小，被爸爸如雷的吼聲給掩蓋過去，我深吸了口氣，用盡全身力氣的大喊著：「不關媽媽的事！她那麼盡心盡力地維護這個家，爲什麼你總是要否定她的認眞？錯的是我，又不是媽。」

安靜了。

所有的聲音像瞬間被抽空一樣，安靜得好詭譎。

爸爸微微怔忡著的臉上，依然摻雜著憤怒的神情，他一句話都不說地看著我，火一般的憤懣眼神，像在灼燃著我的身軀，我覺得好難受。

然後媽媽的眼淚從眼角滑落下來，先是一滴滴，後來像兩道河，滑過臉頰。

有種猛烈的心痛，狠狠地襲擊著我。

媽媽的眼淚，對我來說，是一種無聲的震撼，我從來不知道一直像女超人一樣保護著我們的媽媽，也會哭。

爸爸的神色變得好複雜，媽媽的眼淚也許太珍貴了，珍貴到連爸爸都不易看見，他一蹙眉，眼裡揉進一些溫柔的不捨。

眼眶一濕，我的眼睛也開始下起滂沱大雨。

我眞的不是故意，要讓一直以來總是把我們看得比自己生命還要重要的父母擔心，我不知道爲什麼好好的一個家，會被我搞得這麼烏煙瘴氣！

「對不起……對不起，一切都是我的錯，請你們不要再這樣彼此責怪了，我知道你們……都是爲我好……」我緩緩地跪了下去，膝蓋觸到冰冷的地板，「我不會再讓你們擔心，我會好好念書，真的……對不起……」

我的心好痛，痛到像要撕裂開一樣，我總是在做一些任性的事，也總是用自己的任性去傷害每一個愛我的人。

我任性地去喜歡杜靖宇，傷害了邱昱軒，還有我爸媽。

現在，我又將要用自己的任性決定去傷害杜靖宇，儘管心中再不捨，我卻不想再看見媽媽難過擔憂的淚水。

我長大了，已經不再是以前那個可以隨便哭泣耍賴的小孩，很多事，我要試著去做最低傷害的權衡，我知道，人生中常必須做抉擇，這也許就是我生命中的第一個抉擇。

在愛情與親情之間抉擇。

雖然很痛，但延宕著只是加深痛苦的程度。

杜靖宇，對不起，眞的，我只能說對不起……

▽▽再華麗的言語，再感人的詞彙，也比不上一句「我喜歡你」來得動聽，只要妳肯停下腳步，轉過身來看看我，妳一定可以從我眼裡眉間讀到喜歡的訊息。△△

隔天，我安靜地坐上媽媽的機車，讓她載我去學校上課。

昨晚我哭得太嚴重，導致今天兩顆眼腫成泡泡眼。

一路低著頭想快速走回教室去，免得給認識的人看見我的狼狽樣，不料卻在教室前的花圃旁，聽見我再熟悉不過的聲音。

是杜靖宇。

「妳昨天還好吧？聽說妳被你們導師叫去訓話。」杜靖宇關切地問我，一見我抬頭，聲音透出失措的倉皇：「妳又哭了？被罵得很慘是不是？到底發生什麼事？」

他的關心像一道暖流，滑過我胸口冰涼的位置，卻逼出我的眼淚。

「杜靖宇，我們……我們不要再……見面了……」我哽著氣，一字一字地試著想把話說完整，心卻如刀割。

很痛，有種像滅頂般的窒悶難受，緊緊地團團包圍住我。

「爲什麼？」杜靖宇失聲地喊，一對總是閃著慧黠光芒的漂亮眸子，瞬間變得空洞。

「我們老師發現我跟你交往的事，她告訴我爸媽，我昨天被我爸打了一巴掌……」

「哪裡？這邊……還是這邊？」杜靖宇很緊張地摸摸我的左臉頰，又摸摸我的右邊頰。

「這邊。」我指著自己的右臉頰。

「很痛嗎？是不是？」杜靖宇用他大大的溫暖手掌，輕輕地撫著我的右臉，「對不起，都是我害妳的……」

我搖頭，眼淚甩到杜靖宇手上，「不是不是，不是你的錯……是我自己要喜歡你的啊！」

「看妳這樣，我眞的很難過……」杜靖宇啞著聲音說，我抬起眼才發現，杜靖宇紅著眼，眼裡有晶瑩的淚。

「杜靖宇，你……」你不要哭啊，杜靖宇，如果你哭了，那我一定會因爲心疼你，而哭得更嚴重的。

有人說，男人不該輕易流淚，因爲眼淚象徵他們的自尊，如果有一個男人爲了你哭，那你一定要相信，這個男人肯定是愛你極深，深到連自己最珍貴的自尊都可以捨棄不要了。

我不知道杜靖宇是不是愛我極深，但至少，此時此刻，我相信自己在他心中的分量必然是很重的。

站在我面前的杜靖宇突然低下頭去，雙手迅速地抹過眼睛，再抬起頭時，他遞給我一個燦爛的微笑。

只是，我仍看見他泛紅的眼眶，還有眼底那抹極濃的悲傷。

「沒關係的，只是幾個月的時間，我說過了，我可以等，不管多久我都可以等，很想妳的時候，我會再像以前一樣，繞來你們教室前面走廊看看妳，反正幾個月的時間過得很快，牙一咬，我就能撐過去了。」

杜靖宇嘴裡說得堅強，卻把軟弱寫在臉上。

「嗯，對啊，才幾個月的時間，我們要一起撐過去。」我沒有戳破杜靖宇刻意膨脹的堅強，自己也跟著僞裝無所謂的樣子。

只要有心，沒有人可以把我們兩個人分開的，我知道。

信心會變成堅持，堅持會變成信仰，我是信仰愛情的虔誠教徒，而杜靖宇，就是我的教主。

「那妳要好好用功念書，無聊時想想我，可是不要常常夢見我，不然我老是跑到妳夢裡面，會嚴重失眠的。」杜靖宇居然還有心情跟我開玩笑。

「嗯。」我被他的話逗笑，抿著嘴，我淺淺地彎起唇角的弧線。

「要乖一點，不要再惹妳爸媽生氣了，不然他們一罵妳，妳就哭，妳哭我就會心疼，懂不懂？」

「嗯。」我還是點頭。

「還有，不要跟其他的男生走太近，不然我怕我會吃醋，萬一吃醋，又跑去打架，那我肯定不能畢業。」

「嗯。」

「功課上有不懂的地方，就要問老師，再不然可以問邱昱軒，反正你們兩個人住得那麼近，他功課又好，問他他一定會幫妳，不過，妳不可以愛上他喔，不然我會哭死的。」

「想太多。」我笑出聲。

「那我回教室去了，妳要好好用功，我也要開始用功了，成績不能再這樣爛下去，不然以後妳爸媽一定會阻止我們兩個人在一起。」

「啊？」等等，我有沒有聽錯？杜靖宇是說他要開始用功了嗎？

「我說我也要開始用功念書了，剩下最後半年多，我不能再混了，不然會沒學校念，萬一被妳爸媽看不起，不准我們交往，那要怎麼辦？我總該未雨綢繆一下吧。」

杜靖宇看我目瞪口呆的樣子，推推我的頭，又露出陽光的笑容。

「好了，再聊下去，等會被你們老師看到，一定又要找妳麻煩，妳快回教室。」杜靖宇催促我。

「喔。」

我聽話地正準備要往教室走去時，杜靖宇的聲音輕輕地飄在風中。

「我眞的……很喜歡妳……」

我迅速地轉過身去，看見杜靖宇兩個拳頭握得緊緊的，滿臉漲紅。

「我也是。」我微笑著回應他的話。

然後我轉身往教室的方向走去，心情，一片晴朗。

曾經陰鬱的天空，烏雲散去，我看見耀眼的光芒。

不是結束，也許是另一個開始。

我們沒有分開，只是以另一種形式交往著，只要心與心貼近，就沒有所謂的距離。

像是爲了不違背對彼此的承諾，我跟杜靖宇都努力實踐要好好念書的諾言。

第二次段考，我的成績有明顯地進步，杜靖宇的也是。

偶爾我會在校園裡遇見他，碰面時，我們會對彼此微微笑，點頭招呼。

媽媽很努力地改善家裡的氣氛，她試著走進我的世界，試著跟我溝通、聽我說話，也開始用笑容來取代一些無謂的責備。

爸爸還是管我管得很嚴，雖然依然不苟言笑，但我知道自己的努力他看見了，很多個我讀書讀累，忍不住趴在書桌上睡著的夜裡，都是爸爸來喚醒我，叫我上床去睡，還關心地看我蓋好被子，才幫我熄燈關房門。

這就是我爸爸，即使他嘴裡不說，但從他的眼神、動作，我就是可以清楚地知道，自己依然是以前那個被他捧在手心呵護著的小公主。

大家都很努力地在進步，也很努力地在尋找彼此間關係的平衡點。

邱昱軒還是跟以前一樣，沒事就往我家跑。在我成績開始恢復水準後，我爸終於赦免我的罪，我又再像以前一樣，跟邱昱軒快樂地上下學。

最高興的應該是邱昱軒。

「妳不在，我一個人上學、放學都好無聊，考卷考一百分也找不到人可以炫耀。」邱昱軒咧著嘴跟我說。

「你很欠扁耶。」我吼著，接著一拳揮過去，結結實實打在他的手臂。

「噢，很痛耶，妳怎麼還是這麼殘暴啊？」邱昱軒撫著手，痛得跳上跳下，像隻猴子。

我已經看不出邱昱軒臉上的憂傷，也許他正努力自我療傷，卻始終只想給我看見他陽光開朗的那一面，不想要我自責。

但一切都會過去的，我知道，不管是狂喜或狂悲的心情，終究會被時間帶走，再痛再難熬，也終會走過去，偶然回首，一切都雲淡風輕。

▽▽妳的心是一張網，綿密堅韌、銀白雪亮。我是一隻誤觸情網的困獸，受困在妳精心編織的網裡，動彈不得。於是，沉淪成了我最終的愛情歸途。△△

日子還是一樣平靜地過著，學校還是一天到晚有考不完的大考小考外加模擬考。

邱昱軒還是學校裡大部分女生心目中的白馬王子，那些一、二年級的小學妹們，還是會用一些五顏六色、飄著淡淡香味的信紙，寫下愛慕告白的字局，偷偷塞在邱昱軒的抽屜裡，或者請人轉交。

我已經不再是女生們的公敵了，杜靖宇事件把我從那一道道刀般銳利的眼神中拯救出來。

雖然拯救的過程充滿刺激與驚懼，雖然拯救我的王子差點被退學，但我們從沒有後悔，一起分享的點滴時光、酸甜苦辣，都是回憶。

偶爾我還是會從學校的廣播器裡聽見杜靖宇的名字，然而他卻早已跟訓導處脫離關係，現在聽見的，幾乎都是他被喚到台上去領成績進步獎狀，或者是代表學校出去參加各種體育競賽得獎回來的消息。

即使沒有碰面，即使沒有說話，我卻能清楚知道，杜靖宇如此用心的目的。

那些含著淚說出口的承諾，不是戲言。

就算我們年紀都還小，但對彼此喜歡與認定的程度，卻都異常認真與肯定。

愛情，不分年紀，只要用心，就值得驕傲。

跟邱昱軒還是維持著哥兒們感情，打打鬧鬧習慣了，即使知道他喜歡我，我還是沒有辦法在他面前裝淑女。

當然有時面對他時，我還是會有突如其來的愧疚感，覺得自己在感情上辜負他，眞的很對不起他，可是就像他常常跟我說的，愛情從來就不是雙向道，多半都是單行道，他正在走一條單向的路，雖然他不知道盡頭在哪裡，但他知道有一天，也許會有位公主站在路口等他。

他說他才不要同情的喜歡，所以他不屑看見我憐憫的眼神，他說那種眼神對他是種侮辱，他還說自己再怎麼說，都是女生心目中的白馬王子，才不是沒人要的青蛙。

冬天的腳步終於走近，我和其他女生心目中的王子，還是一樣被接踵而來的考試壓得喘不過氣，有時我們兩個人會在回家的路上，開始大肆抱怨該死的聯考制度、該死的老師跟該死的學校，還有該死的那些屍骨已寒的歷史人物，沒事幹嘛要說那麼多廢話讓我們背得心酸眼淚流。

日曆一頁頁撕去，曾經厚厚掛在客廳牆上的大日曆，怎麼轉眼間只剩下薄薄的幾張？有時難免會心慌，時間過得太快，而我總覺得自己的書還有一堆還沒念。

「邱昱軒，再過幾天就是耶誕節了，你要怎麼慶祝？」

有天放學回家的途中，我看見路邊的商店櫥窗內開始擺上耶誕樹，五彩繽紛的燈泡一明一滅地點綴在耶誕樹上。

擦得明亮的玻璃窗上，有心的店主人在上面用白色耶誕噴雪罐噴出來的「Merry Christmas」字樣，還有一些耶誕節應景的圖型。

連路邊的行道樹上，也結滿彩色燈泡，許多商店都播放著耶誕節的輕快歌曲，整個節日的歡樂氣氛好濃。

「還能怎麼慶祝？當然是好好地給他睡到中午再起床，然後把我的數學跟理化課本拿出來複習。」邱昱軒回答得很理所當然。

「你真的很無趣耶。」我瞪了邱昱軒一眼，這個人怎麼跟杜靖宇一樣，都是亂沒情調的那種人。

「我這是實際，現在好好念書才是王道，我可不想重考。」

「你這樣的成績，想重考也難。」我冷嘲熱諷，真看不慣他輕輕鬆鬆就能考高分的天賦，這個人一定是外星人，地球人不會這麼變態。

「哎呀！我這種曲高和寡的悽涼，妳不會懂的啦。」邱昱軒又涼涼地回了我一句。

我真的很想一拳揮過去，打得他滿地找牙，再補踢一腳，讓他痛得站不直也坐不穩。

「哎呀！是北極熊。」我驚呼一聲，連忙急匆匆地跑到對街，站在櫥窗前，盯著一隻半個人高的雪白北極熊布偶看。

好漂亮喔，全身雪白的毛，看起來就很舒服、很柔軟的樣子。

邱昱軒跟著走過來，站在我身邊，陪我盯著櫥窗裡那隻北極熊看。

「邱昱軒，你看你看，很漂亮吧！它還戴耶誕帽，圍著的那條紅色耶誕圍巾上，還有小小綠綠的耶誕小樹耶，看見沒？看見沒？」我興奮地指著那隻布偶比手畫腳。

「無聊。」邱昱軒轉頭白了我一眼，接著催促我：「天快黑了，快回家啦。」

「哎唷，邱昱軒，你眞的很無趣耶，沒情調的傢伙。」我快受不了他剛毅木訥的樸實作風了，這個人全身上下的浪漫細胞加起來，恐怕只有一滴眼淚的大小。

「對啦對啦，我是又無趣又沒情調啦，不過只是一團白毛黏在一隻塞滿棉花的布偶上，這又關情調什麼事？」

我實在很想一拳打昏他，省得自己活活被他氣死。

「我想去買幾張耶誕卡，寫一些祝福的話，祝我認識的朋友未來一整年都平安快樂。」

經過書店時，我瞥見店裡有個角落，擺滿各式各樣的耶誕卡。

杜靖宇的影子突然湧進我腦海裡，有種想寫張充滿祝福的耶誕卡給他的衝動。

「妳如果把寫耶誕卡的時間拿來念書，一定可以多背好幾課課文。」邱昱軒又試圖想氣死我。

「算了，懶得跟你這種滿腦子只想著讀書的書呆子講話。」我沒好氣地回他。

我們就這樣一路鬥嘴鬥回家。

其實我很滿意現在這樣的日子，可以跟邱昱軒再像以前一樣打打鬧鬧，把杜靖宇的影子安放在心裡，想念從來不曾間斷過，感情仍然有寄託，我的心裡並不孤單。

我們只是給彼此一個全力衝刺的空間，杜靖宇曾說我是他的目標，他會努力迎頭趕上我，即使不能超越，至少也冀求能平行。

我相信杜靖宇做得到，他向來就是說到做到的那種人，更何況他不是笨，他只是爲了要氣他爸，才故意不念書的。

現在大家都有了努力的目標，我喜歡這種踏實的感覺。

平安夜前一天，我寫了一張卡片，請杜靖宇的朋友幫我拿給他，卡片裡寫滿祝福，用我綿綿不絕的思念封裝。

杜靖宇沒有回卡片給我，但他託人拿了一個玻璃瓶來，裡頭裝滿五顏六色的小紙鶴。瓶子最頂端放了一張紙條。

想念的時候，就放瓶中的一隻紙鶴在風中飛翔，一天一隻，當瓶空時，風裡飛翔的紙鶴會爲我們搭一座橋，從妳那裡，到我這裡。

回家後，我把紙鶴全倒出來數了一次，總共一百多隻，數目剛好跟從當天開始到考完聯考的倒數天數一樣。

我抱著那瓶紙鶴看了又看，心裡酸酸又甜甜的，有種說不上來的歡喜，像漣漪一樣，一直從心底蕩漾開來。

這就是杜靖宇，讓我喜歡得不得了的杜靖宇，總是可以讓我一想起他時就忍不住又哭又笑的杜靖宇，每夜夢見，卻不管夢幾次都不會嫌膩的杜靖宇。

喜歡一個人，會讓人變成傻瓜，我是一個愛情裡的傻瓜，卻傻得很開心。

十二月二十四日，俗稱平安夜的日子。

可憐的我們，還是乖乖地背著書包去上學，隔天會放假，但老師們一再宣導，我們不是因爲耶誕節才放假，是因爲抗戰勝利後，政府經過多方協調，終於在民國三十五年十二月二十五日通過中華民國憲法，並在隔年的同一天施行憲法，之後在民國五十二年由行政院正式決定十二月二十五日爲行憲紀念日，爲了慶祝這個節日，政府將這一天訂爲國定假日，而我們這些可憐的學生，也在這一天獲得一個天上掉下來的休假日。

但不管是耶誕節也好，是行憲紀念日也好，總之都是個令人開心的假日。

終於上完最後一堂課，我背著書包，腳步輕快地往校門口走去。

邱昱軒早就在校門口等我了，看見我時，他還是習慣性地揚起微笑。

我們一路走走聊聊，耶誕節的氣氛好濃好歡樂，整條街道被那些閃爍的五彩燈泡點綴得又開心又浪漫。

經過那間總是擺滿布偶的玩具店時，我又轉頭過去看了玻璃櫥窗一眼。雪白的北極熊還是戴著耶誕帽，圍著小綠耶誕樹圍巾，安安穩穩地坐在櫥窗內，玻璃窗上多了幾條耶誕燈泡，一明一滅地垂掛在北極熊身邊，看起來好熱鬧。

耶誕節不適合孤單，所以北極熊也不該寂寞。

我們沒有停下腳步，冷冽的空氣凍得我的鼻頭泛紅，手腳都凍得要僵掉了，有時刺骨的風一吹來，我就會縮著脖子發抖，常常會有說不定等一下天空就會飄下雪來的錯覺。

耳邊傳來耶誕節的熱鬧歌聲，我因爲邱昱軒講的一則笑話而笑了起來，邱昱軒一對眼也笑得彎彎的。

如果時間能夠停在這一刻，永遠鎖住邱昱軒的笑容，也恆久鎖住我發自內心的微笑，我想，也許日後，我心底的遺憾也不會沉重到每每回想起來，都令我有想落淚的衝動了。

▽▽如果時間能一直停在這一刻，只要一刻鐘的時間，知道妳是為我笑著的，知道這一刻鐘裡，妳是完全屬於我，那麼就算只有一刻鐘，我也願意用生命交換。△△

然而很多事，總是會在你措手不及時發生，並藉此顯現出生命的短暫與脆弱。

握在手裡的，你永遠不會太珍惜；從手中飛出去的，就算你流光淚、喊啞了喉嚨、道了成千上萬句對不起，它們還是不會再回來。

走了，就是走了，永遠不會再回頭。

邱昱軒出事的消息傳來時，我還在睡夢中，媽媽斂眉垂淚的模樣，把迷糊醒來，腦袋還恍恍惚惚的我驚醒。

「什麼？」我的聲音乾得發緊。少開玩笑了，今天是耶誕節，是歡樂慶祝的日子，媽媽妳少無聊了，別開那種不好笑的玩笑。

「邱昱軒昨天晚上出車禍了，現在還在醫院急救。」我媽一說完，眼淚掉得更急了。我怔怔地望著她，眼睛眨也沒眨，還意會不出那句話的意思，卻已經被嚇得說不出話來。

「很嚴重嗎？」我的聲音很虛弱，像從遙遠的星球傳來一樣，飄渺虛無得不像是從自己的喉嚨裡發出來似的。

「送去醫院的時候，幾乎沒有心跳了。」

搞什麼鬼？昨天他不是還和我一起走路回家嗎？他還送我到門口才回家去的耶，怎麼可能才一轉眼的時間，他就出車禍了？

「媽，有沒有搞錯啊？我昨天明明還跟他一起從學校走回來的。」我的眉頭聚攏起來。

「昨天晚上八點多他說要出去買東西，九點多就出事了……」我媽泣不成聲。

騙人的吧？怎麼可能？我不相信！

我跳下床，從衣櫃裡隨便挑了一件上衣穿，換上一條休閒七分褲，趿著拖鞋就要出門。

「妳要去哪裡？」我媽在門口拉住我。

「去邱昱軒家。」我冷著一張臉，一大早就來跟我開玩笑，還哭咧，我管妳是不是我媽，再鬧我就生氣，今天又不是愚人節！

「妳去邱昱軒家幹嘛？邱昱軒現在人在醫院啊。」媽媽的手還是拉得死緊。

我沒再說話，用力掙脫我媽的手，衝出門，奮力地往邱昱軒家跑。

我媽跟在我後面跑，啪搭啪搭，整條巷子全是我跟媽媽穿著拖鞋跑步的聲音。

電鈴按了老半天，也沒半個人來應門，邱媽媽到哪裡去了？病人怎麼可以亂跑？

「邱昱軒！邱昱軒！邱昱軒……」按電鈴沒人來開門，我轉而開始猛敲邱家大門。

砰砰砰！邱昱軒，你最好趕快來開門，再慢一點，我就會揍你，我說真的。

砰砰砰！快來開門喔，邱昱軒，雖然你跟我媽的感情很好，但你串通她來騙我就太過分了，而且什麼玩笑不好開，開這種出車禍還送去急救的玩笑，真的一點都不好笑，我不喜歡這樣。

砰砰砰！邱昱軒，你搞什麼東西啊？太陽這麼大了，你還在賴床喔？你真的打算睡到中午才起床嗎？數學跟理化課本在跟你招手了啦，還不快醒來擁抱它們，快點起床喔，然後先來開門，讓我見你一面就好。

砰砰砰！我手快痛死了啦，邱昱軒！你又不是不知道我沒耐性，你到底要我敲門敲多久？再這樣下去，我真的會生氣喔，我已經有點不耐煩了，你快來開門啦。

砰砰砰！邱昱軒，不要再鬧了，你到底在哪裡啊？快來開門嘛！好啦好啦，我不會生你的氣啦，你快來開門啦，不要鬧了。

砰……砰……砰……

我的視線漸漸地模糊起來，邱昱軒家的深黑色大門在我眼前搖搖晃晃，一眨眼，大門還安安穩穩地擋在那裡，搖晃的是我眼裡的波濤。

砰……砰……砰……

邱昱軒，你快來開門啦，我已經沒有力氣了，快點啊……

「詠恩。」突然，媽媽從我背後抱住我。

像在一望無際的海面漂流，忽然抓到浮木一般，我一個轉身，把我媽抱得死緊。

「媽，邱昱軒到底在搞什麼鬼啊，他怎麼不來開門啊？」埋在媽媽的胸前，我的淚水來得又急又凶，心裡隱隱察覺到好像眞的不對勁了。

有幾秒鐘的時間，我強烈地感覺自己好像要窒息了，胸口一緊，我開始痛哭失聲，哽咽到幾乎不能呼吸。

不是眞的，絕對絕對不是眞的。

在心底，我一次又一次地喊著，不是眞的，不是眞的，不是眞的……

媽媽沒說話，只是輕輕拍著我的背，啞著聲音叫我不要哭。

「他在哪裡？帶我去看他。」倒抽了好幾口氣，冷空氣灌進嘴裡，心更冷了。

醫院裡，到處是刺鼻的藥水味。

我皺著眉跟在媽媽身邊走，邱昱軒一定不喜歡這種地方，他說他喜歡的味道是下過雨後的泥土味，還有芳香的青草味；他也說過，他討厭藥水味，可是他必須要克服，然後努力杜絕讓人聞到這種藥水味的機會，他想要讓大家都離醫院遠一點。

我的眼淚斷斷續續地流，飄飄忽忽的感覺，像在做夢。

一場太眞實，又太椎心刺骨的夢。

可是如果是夢，怎麼我的心會這麼痛？

走在我身前的媽媽突然停下腳步，等我跟上前時，她突然握住我的手。

「媽……」一開口，我的眼淚又重重地跌下來。

「乖，不要哭，妳要堅強點，妳一哭，妳邱爸爸跟邱媽媽要怎麼辦？」媽媽溫柔地遞面紙給我，鼓勵我要堅強。

我感覺自己就像碎掉的玻璃，勉強維持住完整的模樣，但只要誰隨便輕輕的一個觸碰，我就會碎裂崩毀。

「張詠恩，妳不要怕，我會保護妳。」我記起很小很小的時候，大概是幼稚園還是更小的時候，邱昱軒曾經揚著眉這樣告訴我。

之後，他也眞的信守承諾地保護了我好幾年。

可是現在，在我眞正脆弱無助的時候，他在哪裡？

我用面紙壓住自己的眼睛，可是邱昱軒的臉一直一直在腦海裡狂奔，笑著的邱昱軒、生氣時的邱昱軒、皺眉的邱昱軒、紅著眼說喜歡我的邱昱軒……一張又一張邱昱軒的臉，不停地在我腦裡定格又切換。

不行啊，我眞的沒有辦法堅強。

我掙脫媽媽的手，跑到牆邊蹲著大哭起來，柔腸寸斷是不是就是這種感覺？我爲什麼有種自己正一吋吋在死去的感受？

邱昱軒，只要你好好的，我保證，我眞的不會再打你，也不會再惹你生氣，眞的眞的，我是說眞的。

爲了我，你可不可以，好好的？

邱昱軒，我們不是說好要當一輩子的好朋友嗎？雖然我喜歡的人是杜靖宇，也知道你喜歡我，可是我不喜歡你用這樣的方式折磨我，你可以讓我自責，但請千萬不要棄我於不顧，不要一轉身就不理我，我不喜歡這樣。

邱昱軒，你記不記得有一次我們在看燈塔的照片，你說你喜歡燈塔在夜裡發光，讓人感覺充滿了希望。

而我卻一直忘了跟你說，其實對我來說，你就是我的燈塔，每當我困惑，你總能指引我走出迷途，朝更明確的方向前進。

你，是我的燈塔，所以請你，千萬千萬不要放我一個人在黑暗中，找不到方向，好嗎？

▽▽是的，我願意是妳的燈塔，在黑暗中照亮妳該航行的方向，安靜溫柔地陪伴妳，給妳信心與勇氣，我的心是燈，身是塔，一輩子只當妳迷途的指引燈塔。△△

急救成功了，邱昱軒被送進加護病房。

我們在醫院走廊遇見邱爸爸，他帶我們去加護病房外。

「十二點半才能會客。」邱爸爸紅著眼的模樣，我看了好心疼。

邱爸爸一直都是很開朗的一個人，笑聲很洪亮，我幾乎不曾看過他愁眉苦臉的模樣。

「手術順利嗎？有沒有說什麼時候可以轉進普通病房？」媽媽輕聲地問。

邱爸爸沒說話了，我們在加護病房門外看見邱媽媽。

邱媽媽眼睛哭得紅腫，鼻子也紅透，她坐在走廊長椅上，孤孤單單的身影，讓人一看就鼻酸。

然而我的目光，卻被邱媽媽身邊的東西給吸引住。

邱媽媽腳邊有個白色的巨大布偶，那不是……那不是我們之前看到的那個北極熊布偶嗎？

紅色的耶誕帽，小綠樹綴著的紅色圍巾，是北極熊，沒錯，我認得的。

可是，髒掉了……

原本雪白的毛，沾到暗褐色的東西，斑斑駁駁地東一塊、西一塊。

我摀住嘴，全身不由自主地顫抖起來，眼前飄飄晃晃，所有景物都模糊了。

「這個孩子也不知道在做什麼，昨天說要去買東西，結果居然是跑去買這個布偶，被送來醫院時，手上還緊緊抱著，真不知道他到底在想什麼……」邱媽媽掉著淚，喃喃自語著。

邱昱軒，你昨天晚上跑出去，就是爲了買這隻北極熊嗎？

你怎麼這麼笨啊？你幹嘛要跑出去買？我只是喜歡，又沒有非要不可，你這麼認眞做什麼呀？

你這個大笨蛋，你爲什麼要這樣嘛？你是存心讓我良心不安的嗎？

我一步一步地走向前，蹲在北極熊布偶前，伸出手，輕輕地摸著布偶的毛，眞的很柔，冬天的夜裡抱著睡，一定很溫暖。

我的手輕輕在北極熊的身上移動，飽滿渾圓的淚珠，一顆一顆地從眼眶摔落出來，然後我的手觸摸到一塊被染成紅褐色的茸毛，心頭一窒，一股強烈的嘔吐感就這樣從胃直湧上咽喉。

我慌忙站起身，往前跑了幾步，看到放在長廊旁的垃圾桶，一靠近，彎著身就這樣嘔吐起來。

然而一早還未進食，我吐不出什麼食物，只有苦澀得讓人掉淚的膽汁。

我又吐又咳，像要把五臟六腑全都吐出來一樣，好難受。

媽媽跟邱爸爸都焦急地衝到我身邊來，我邊吐邊哭，什麼東西壓在我的胸口啦？爲什麼我感覺自己快喘不過氣來了？

邱媽媽一拐一拐地也來到我身邊，她溫柔地摸著我的頭，輕聲細語地安慰我。

「詠恩，沒事的，昱軒他很勇敢也很堅強，他會自己走過來，妳不要哭，妳要相信他，他一定會撐過來的……」

「對不起，都是我，都是我害邱昱軒的……都是我……」我哭喊著，感覺自己的心一定破了個大洞，不然怎麼會有冷風一直灌進心裡去？

「傻孩子，不要胡思亂想了。」邱媽媽堅強地安慰我。

可是我們之中，到底還是沒有人是眞正堅強的，我的眼淚是一條引線，引爆所有人的淚水，大家，都哭了。

我們都不堅強，我們都很脆弱。

十二點半，加護病房的門開了，我們有半小時的時間可以看邱昱軒。

我站在病房門口，努力地一次又一次深呼吸，眼睛可能還有點腫，鼻子可能還紅紅的，不過沒關係，我不哭。

只要不哭，邱昱軒就不能笑我。

在加護病房門口，我拿了護士遞給我的綠色隔離衣，仔細地套在身上，然後以最快的速度，跟上邱爸爸的腳步。

邱昱軒在睡覺，他的臉好慘白，可是他睡得很安詳。

鼻子上插著一條管子，會不會痛啊，邱昱軒？

你很累了，是不是？沒關係，你好好地睡，我會安靜地在一旁看你，不吵你，等你睡醒，我們再來聊天。

醫生走過來，跟邱爸爸談論邱昱軒的狀況，邱媽媽跟我媽也在一旁安靜聽著。

我站在邱昱軒的床邊，仔細地看著他，他頭上包著紗布，幾乎蓋住整顆頭，我看不見他平常引以爲傲的柔軟細髮。

醫生雖然刻意壓低聲音，但他說的話，還是斷斷續續地飄進我耳朵。

「……嗯，還要觀察幾天，看能不能撐過危險期，不過你們要做好心理準備，即使撐過危險期，他……也可能一輩子都是植物人……」

植物人？

我的腦裡轟隆轟隆地響起一陣陣重炮聲。

身體像被什麼東西撞來撞去一樣，搖搖欲墜地，迫使我不得不抓住病床旁的橫桿，好撐住自己，不至於腿軟跌倒。

全身的力氣，像瞬間被抽光了，只剩下手臂還能感覺一陣陣隱約的酥麻。

邱媽媽是第一個崩潰的人，她手掩著嘴，悲泣的聲音還是不斷地從指縫間流洩出來，在她幾乎就要站不穩腳步地倒下去那一剎那，我媽跟邱爸爸急忙扶住她，邱媽媽把頭埋在我媽肩頭，削瘦的肩膀不停地顫抖著。

我看看他們，又回頭看看邱昱軒。

伸出手，我輕輕地晃著邱昱軒的手。

我後悔了，邱昱軒，你不要睡了，你現在就給我醒來，我不要讓你睡了。

邱昱軒，你快睜開眼睛，告訴醫生你只是睡著了，才不是變什麼植物人呢！

醒醒了，邱昱軒，邱昱軒，你是不是一定要把我弄哭才甘心啊？你不是說你最討厭看到我哭嗎？怎麼你現在又要把我弄哭？

邱昱軒，你的數學跟理化要怎麼辦？你再不快點醒來念書，進度會趕不上的。

哈囉哈囉，邱昱軒，你有沒有聽見我在跟你說話？快醒來啊。

邱昱軒，你快睜開眼，我突然發現我還有好多話沒有跟你說欸。

邱昱軒，你這樣，我眞的很害怕，你知道的，我並不是堅強的人，一直以來，我都是依賴著你，不管做什麼，都要你陪在我身邊，有你在，我才會有勇氣，你不要再睡了，快起來陪我講話，我眞的很害怕，是眞的。

邱昱軒，你不要跟我賭氣了，我是喜歡杜靖宇，但我也說過，你對我來說，是很重要的人，在我心中，你對我的意義已經不僅僅只是鄰居或普通朋友，你就像我的家人一樣，對我而言，你像我心頭的一小塊肉，就像我爸媽那樣，都是我割捨不下的牽掛，親情一定是會比愛情更長久的，不是嗎？

我想要一直一直跟你就這樣維持這種永恆不變的關係，愛情，並不是維繫兩個人情感的唯一方法。

邱昱軒，你懂不懂這之間的差別？即使我們沒有辦法成爲彼此的伴侶，我們還是可以各自幸福，可以一直關心彼此到老，愛情也許會變質，也許最終相愛的兩個人會惡言相向，老死不相往來，可是親情不會，我想要一輩子都關心你，也希望得到你的關心，所以我和你，不要愛情，只要有一種可以永遠彼此珍惜的感情就好。
你醒醒，只要你醒來，我會把這些話都說給你聽，好不好？
我不會哭，我會微笑著說給你聽，也不會再隨便對你發脾氣了，我會試著讓自己成熟，不會再讓你擔心了，好不好呢？
邱昱軒，你再不理我，我就眞的要哭了喔，我會哭得很醜，很醜唷……
邱昱軒，你不要再玩了，不要再玩了啦……

▽▽也許，愛情不是維繫兩個人情感的唯一途徑，但只有在愛情裡，我才能夠緊緊地、光明正大地擁抱妳，妳懂不懂得這種想要一輩子抱妳在懷裡的冀望呢？△△

邱昱軒終究還是沒有醒來，半個鐘頭時間一到，我被我媽架著拖離加護病房。
「不要不要，我不要出去……」我哭著，聲音虛弱得近乎沙啞。
「詠恩，妳不要這樣，那不是普通病房。」
「那把邱昱軒轉到普通病房啊，我要陪他啊，邱昱軒會醒過來的，他才不是什麼植物人，你們不要聽醫生亂說話，邱昱軒他那麼厲害，什麼都能克服，他一定能走過來的……」
「詠恩，事情不是那麼簡單，不是妳說了就算的。」媽媽的眼淚被我的話逼出來了。

邱昱軒，你怎麼可以這樣？你好任性！

你不是說要永遠孝順你爸媽嗎？你說話不算話，你看你爸媽哭成這樣，你怎麼可以這麼自私啊？

邱昱軒，我討厭你、我討厭你、我最討厭你了……

我媽打電話叫爸爸開車來載我們回去，順便送邱爸爸跟邱媽媽回家休息，我坐在車子裡，眼淚已經乾了，眼睛澀澀的，眼皮還是腫的。

北極熊被我抱在懷裡，邱媽媽說要把這個不吉祥的東西丟掉，我堅持一定要留下。

「是邱昱軒去買的，可不可以留給我？」我在邱媽媽哀慟欲絕的眼神中，得到了這個耶誕北極熊。

回到家後，我把自己關在浴室裡，倒了一堆洗衣粉在北極熊身上，拿刷子用力刷洗著布偶，一邊刷，眼淚又一邊不爭氣地掉，像遷怒一樣，我幾乎是用盡全身的力氣，把所有哽在心裡的憤恨，全都發洩在玩偶身上。

邱昱軒，我好想你，我……眞的很想你。

你知不知道，我從來沒有任何一個時刻，像現在這麼徬徨過，如果現在你在我身邊，我一定可以馬上堅強起來。

隔天，我不顧爸媽的反對，任性地請了一天假。

「拜託你們，我從來沒有這樣求過你們，請你們……讓我請一天假就好，一天就好了……」我才一開口，眼淚就開始洩洪，原來，我的眼淚還沒乾。

爸媽拗不過我，知道邱昱軒對我的重要性，只能無奈地點頭答應我的要求。

加護病房一天有三次會客時間，我每次都隨著邱爸爸跟邱媽媽進病房去看邱昱軒。

雖然在進病房前，我都會告訴自己一定要堅強，千萬不可以再哭得像棄婦一樣可憐，但每一次，只要一看見邱昱軒，我的眼淚就又開始潰堤。

撞傷邱昱軒的人，終於在晚上出現，對方是個年輕的孩子，看起來像只比我大一、兩歲的樣子，陪在他身邊的可能是他爸爸。

他一臉歉疚地低著頭站著，聽說車禍發生時，他並沒有逃逸，還打電話叫救護車，也一路跟隨救護車來到醫院。

只是邱昱軒急救時，他在邱爸爸跟邱媽媽趕到前悄悄地離開了。

我瞪著他，憤怒的情緒一陣又一陣地向我撲擊而來。

我走向他，很想狠狠地罵他幾句話，但一開口，就崩潰地哭了。

「……你知不知道被你撞到的那個人，是一個很棒的人啊？你爲什麼不好好開車？爲什麼不看路？爲什麼會撞到他？」我哭著嚷著，也不管邱爸爸拉著我的手拚命叫我要冷靜，只想把我心裡的話說出來：「你知不知道他對我而言很重要？他是我的燈塔啊，你懂不懂？你到底懂不懂啊？」

我雙腳一軟，跌坐在地板上，地板是冰的，冰冷的寒意就這樣沁入我的肌膚裡。

可是我心頭的冷，比這種冷更要強上幾千幾萬倍，心裡頭隱隱約約地知道，邱昱軒，也許這一輩子，都不可能再醒過來了。

我就要失去我從小到大的玩伴了，這種痛，沒有人可以體會的。

邱昱軒不僅僅只是玩伴而已，他更是我的支柱，只有在他面前，我才可以任性，才可以瘋瘋顛顛地不用顧什麼淑女形象，才可以想哭就大聲哭，想笑就咧嘴大笑，只有在他面前，我才是完整的自己。

那個年輕的孩子跪了下來，低著頭一聲聲地說著對不起，聲音有些哽咽，也許他的心裡也充滿悔意。

邱爸爸走過來，先把我扶起來坐在椅子上，又走過去要扶那個男生起來。

男生的爸爸說他們會負擔所有的醫藥費，幾句話裡摻雜著不下數十句的對不起。

如果「對不起」這三個字可以讓邱昱軒醒過來，那就算要我說到喉嚨啞掉，說到發不出聲音，我拚了命也會說。

可是沒有用的，我知道就算說了幾千幾萬句對不起，都沒有用。

邱昱軒躺在加護病房的那幾天，我每天都在爲他祈禱，把所有我叫得出名字的神，全都請出來拜託過好幾次，只要邱昱軒可以好起來，我願意一輩子茹素，願意每個月都捐出固定金額的錢，來幫助那些需要我們幫助的人。

然而堅強的邱昱軒，終究還是沒有撐過危險期。

邱昱軒走的那天，天空出奇地晴朗，太陽很大，把連日來的冷冽氣候照耀得溫暖許多。

邱昱軒是在下午三點多時離開的，死因是心臟衰竭。

這就是邱昱軒，體貼又善良的邱昱軒，他不想變成邱爸爸跟邱媽媽的負擔，所以寧願選擇離開，也不要拖累他們。

那天夜裡，我夢見邱昱軒，他還是一臉開朗的微笑，看見我時，他只是溫柔地摸摸我的頭。

「邱昱軒，我好想你。」看見邱昱軒的身影，我心酸地哭了起來。

「我知道。」邱昱軒點點頭，「我也很想妳，但妳要堅強點，沒有我，妳還是可以走得很好的，懂不懂？」

我搖搖頭，「可是我不喜歡這樣，我希望你可以一直陪在我身邊，你是我的燈塔，沒有你，我就沒辦法走得很好，我不要這樣……」

夢裡面，邱昱軒用力地抱著我，他在我耳邊跟我說了好多安慰的話，還是這麼溫柔，說話的語氣還是不疾不徐，還是能輕易就讓我平靜下來，不再掉眼淚。

「張詠恩，妳要記住，我一直沒有走開，我還是會陪在妳身邊，守護著妳，我不是不在了，只是用另一種方式存在著，懂嗎？」邱昱軒最後這麼對我說。

從夢中醒過來時，窗外一片漆黑，邱昱軒平安夜去買的北極熊靜靜地放置在我床邊，身上已經恢復原來雪白的顏色，我把玩偶拉過來，抱在懷裡，眼淚又開始不聽話了。

邱昱軒，我答應你，我會堅強起來，但是今天晚上，你讓我再脆弱一次，這是最後一次了，哭完這一次，我會讓自己勇敢起來的。

邱昱軒，沒有你的日子，我知道我一定會很寂寞，可是我會試著去克服，你不要擔心，邱爸爸跟邱媽媽，我會幫你照顧他們，你沒有完成的心願，我會一一幫你完成。

醫學院不是很好考，但我會爲了你加油的，等我當了醫師後，你媽媽會是我最重要的一位病人，我一定會幫你好好照顧你媽，眞的，我發誓。

邱昱軒，你一定也要過得好好的，我也會過得好好的，就把這當作我們之間最後的約定，好不好？

邱昱軒，你在那裡寂不寂寞呢？會不會很孤單？冷不冷？

我的心痛痛的，好像快要被撕裂開一樣，如果我的心被撕裂成兩半，邱昱軒，我要把一半的心送給你，讓你知道我有多痛多難過，讓你聽見撲通撲通跳動的，不是我的心跳，而是我綿延無際的思念。

我好想你，邱昱軒，很想很想你……

▽▽撲通撲通跳動的，不是妳的心跳，而是妳綿延無際的思念。是的，我聽見了，即使沒有陪在妳身邊，我仍能毫無阻礙地接收妳最直接的想念，我愛妳。△△

邱昱軒過世的消息，在學校引起軒然大波，有一堆女生都哭了，還有更多的人約定好每天都放一些白玫瑰在邱昱軒的座位上。

每天放學前，我都要負責把白玫瑰收齊，再帶回邱昱軒他家。

我折了好多紙蓮花要給邱昱軒，我希望他可以乘著蓮花飛往更美好的另一個國度，有好幾次我在折蓮花時，想著邱昱軒，都差點哭出來，可是我終究還是忍住了。

大人們說，折蓮花時不可以哭，不然邱昱軒會擔心難過，會沒辦法安心。

所以每次我的眼淚忍不住要氾濫時，我就會努力深呼吸，用力把眼淚再吞回心裡去。

可是夜裡，當一切都寂靜下來時，眼淚就會開始在眼裡跳舞，我覺得我好像還是沒有辦法這麼快就完成答應邱昱軒不哭、要勇敢起來的約定。

於是我只能一次又一次地哭，一次又一次地在心裡對邱昱軒說對不起。

我勉強偽裝起來的堅強，終於還是在邱昱軒出殯的那一天，徹底潰堤。

在將邱昱軒送往火葬場的途中，我的眼淚始終不曾停止過，腦中一直翻飛著邱昱軒與我共有的所有記憶，心像被刨去一個洞，空空的，聽見風呼嘯著從洞裡鑽過的聲音。

當火葬場人員要將邱昱軒的遺體推進去火化時，不知道是誰的哭聲先壓抑不住地流洩出來，隨即，越來越多的哭聲齊聲迸出。

一聲聲，哀鳴著一條年輕生命的逝去。

我摀著嘴，努力讓自己的哭聲只迴盪在掌心裡，邱昱軒不喜歡看我哭，所以即使是龐大的悲傷，我也不能讓他聽見我的哭聲。

工作人員緩慢地要將邱昱軒推進火爐裡，我聽見爐裡傳來一聲又一聲細微的火光爆炸聲，邱昱軒的身體就要被那團炙烈的火給吞噬了，以後，我再也看不見他，永遠永遠只能把他當成記憶裡最深沉的一道傷痕，只能這樣了。

可是我不要這樣啊，他曾經那麼燦爛地出現在我生命裡，曾經豐富過我的人生，曾經說過要一輩子保護我，怎麼可以讓一團火摧毀了這一切的美好？

「不要……」我衝過去，拚了命地推開火葬場的工作人員，抱住邱昱軒的靈柩，哭著：「不要燒了邱昱軒，不要燒了他啊！火那麼大，他會痛，會變成灰的，不要燒他，不要……」

然後我看見一堆人七手八腳地來拉住我，把我從邱昱軒的棺木旁拉開。

我嘴裡還一直嚷著不要燒邱昱軒，但卻在我爸將我的頭壓進他懷裡時，聽見靈柩被推入火爐的聲音，然後火堆裡的爆炸聲更猛烈了些，一聲聲，彷彿把我的心也燒掉了。

接著我沉默了，什麼聲音也發不出來，像被巫婆奪去嗓音的人魚公主，眼淚成了唯一的救贖。

就這樣道再見了嗎，邱昱軒？你離開得這麼突然，卻把一道道荊棘似的回憶留給我，每回憶一次，心頭就多幾道傷口，邱昱軒，我真的不知道該怎麼辦才好，我覺得自己已經被掏空了，像縷輕飄飄的幽魂，我不知道該往哪裡走才對，哪邊才是通往你的方向？

我的憂傷並沒有在邱昱軒的喪禮結束後戛然止息，卻反而越演越烈。

我開始變得沉默，開始有些厭食，開始關起自己的世界的那扇大門，誰都進不來，我也沒打算要走出去，於是我迅速地消瘦了。

媽媽很擔心，我知道，有好幾次，我聽見她坐在客廳低聲啜泣的聲音。

爸爸也很煩惱，我看見他的頭髮在短短的時間內，蒼白了好多。

而我每天從學校回來後，就把自己關進房間裡，拚了命地念書，彷彿只要我念很多書，記很多重點，我就能離邱昱軒近一點，我就能體會當初邱昱軒拚命念書的那種感覺。

我念得很勤很認眞，沒日沒夜地把自己埋在書堆裡，這一次，我爲的不是自己，我要幫邱昱軒念書，我要幫他考上醫學院，我要完成邱昱軒的所有夢想。

這是我最後最後，能幫邱昱軒做的事，我知道我可以，只要我把命豁出去地拚命念書，我知道我可以。

「……我並不想要她這樣，這樣像不要命地念書，不吃不喝也不笑，我其實只要她健健康康的，書讀差一點也沒關係了，只要她健康快樂就好……」

有一天夜裡，我從房裡走出來，要去廚房倒水時，聽見爸爸用哽咽的聲音，輕聲對媽媽說。

我站在牆邊的陰影裡，聽著他們難過擔憂的對話，心頭劇烈地疼痛起來，黑暗中，我看不見我的出口在哪裡。

我的心，沒有出口，每一道門都被重重關上了，栓著即便腐鏽，卻依然沉重的鎖，我被牢牢禁錮著。

「以前我以為只要她認真念書，考個好學校，以後有個好工作，就是對她最好的安排，可是……看她現在這樣，我才發現以前的我太愚蠢了，孩子只要不學壞，就算功課不好，只要她快樂，只要她健健康康地沒病沒痛，就很好了……」

爸爸瘖啞的聲音劃過寂靜，我看見媽媽皺著眉的臉龐上，清透的淚淋濕面頰。

那天晚上，我把自己裹在棉被裡，狠狠地哭了又哭。

邱昱軒，你來看看我吧，你來看看我憔悴的樣子，你來看看我過得並不好。

沒有你，什麼都不好。

幾天後，我的書桌上放了一封淺紫信封裝著的信，信封上寫著我的名字，但令我震驚的是上面的瀟灑字跡，是邱昱軒的筆跡。

我顫著手拆了信封，是一張遲來的耶誕卡，卡片上有隻眼睛瞇瞇，笑得很開心的北極熊，我的心抽痛了一下，眼睛很自然地望向邱昱軒留給我的玩偶。

卡片裡很簡短地寫了幾句祝福我耶誕快樂，以及祝我功課突飛猛進的字句，我反覆地將原子筆寫的內容看了好幾遍，眼睛濕潤起來，邱昱軒，如果當初你只送我這一張卡片，我一定也會很開心，眞的，我不要北極熊玩偶，我只要你好好的就好，眞的……

就在我要將卡片放回信封裡時，才又發現裡頭還放了一張小小的紙片。

始終以爲，只要將心化作磐石，不動不移，終將能等到妳。

然而我不斷投擲出去的感情，卻始終投不進妳心裡，引不起漣漪。

知道妳的感情歸屬，我除了震驚，更多的是心酸與徬徨。

可是眞的，我們誰也不能埋怨誰，腳本事先並沒有設定，所以我不怪妳。

只要妳能快樂，這樣就好，喜歡不一定要佔有，遠遠的，也能愛妳。

終於，眼淚還是掉下來了，像從心底最深處發出來的哀嚎，這一次，我再也不壓抑自己的哭聲，與其一點一點地釋放悲傷，倒不如一次全部傾倒。

浴火之後，才能重生。

只是邱昱軒，我不知道當你寫著這樣的字句時，心裡的痛到底有多激烈，我不知道，爲什麼好好的我們會走到這一步，我眞的不知道。

如果我不要喜歡上杜靖宇，如果你沒有喜歡上我，如果一切就像小時候那麼單純，是不是我們就不會這麼痛苦？是不是一切就會變得簡單許多？是不是現在我還是隨時就能看見你？

可是邱昱軒，一切都太遲了，對不對？

眼淚換不回你，哭喊換不回你，悔恨換不回你，什麼都換不回你了呀！

你已經離我那麼遠了，再也不是轉身就觸手可及的距離，像天邊，只能遙望，卻永遠觸碰不到。

你，已經在天邊了……

杜靖宇很擔心我，知道我過得不好，他寫了好幾張紙條，託人拿來給我，紙條裡，滿滿是鼓勵我的話。

有一次下午掃地時間，我拿著大掃把在掃花圃旁的落葉時，杜靖宇跑來找我。

一看見他，我先是驚愕，隨即，措手不及的眼淚，就這樣一滴、兩滴，越掉越多。

杜靖宇沒先開口，他只是安靜地看著我。

「杜靖宇……邱昱軒他……不要我了……」我孩子氣地用手背抹著不斷從眼裡流出來的溫熱淚滴。

「是我傷害了他，所以他不要我，他離開我，走得遠遠的，再也不讓我跟在他身邊，再也不要陪我了……」我口齒不清地喃著，整顆心揪成一團。

「沒有，他沒有離開，他只是變成天使在保護妳，妳看不見他，但他一定能看見妳，真的。」杜靖宇輕輕地摸著我的頭，「妳不要難過，妳要開心點，妳有兩個天使，一個是我，一個是邱昱軒，妳看。」

杜靖宇遞給我一張紙條，是邱昱軒的字跡，雖然潦草，但我知道那些字的確是出自邱昱軒之手。

紙上的字句透出濃濃的威脅味道，邱昱軒在威脅杜靖宇，叫他一定要好好照顧我，不可以讓我難過傷心，還叫杜靖宇一定要努力讓我快樂幸福，不然他不會饒了杜靖宇。

看著邱昱軒寫給杜靖宇的字條，我哭得更凶了。

不是難過，那是一種安心的感覺，邱昱軒離開了，但我知道我還有杜靖宇，他會讓我依靠，會讓我知道自己不是孤單的。

他們是我的天使，兩個專屬我的天使，一個在天上，一個在我身邊。

杜靖宇安靜地站在一旁看著我，等我哭聲漸歇後，他才又開口跟我說話。

「會過去的。」杜靖宇輕輕說話的語氣，很像邱昱軒。

但這句話卻給我很大的勇氣，是啊，都會過去的，儘管過程再痛再難受，時間一過，傷口就會結痂，接著痂會脫落，只留下淡淡的痕跡。

可是痕跡永遠都在，並不會消失，畢竟，那是曾經心痛的證明。

▽▽堅若磐石的心，不動不移地只等待妳的點化，然而我不斷投擲出去的愛情，卻始終投不進妳的心。但這樣也好，愛情不一定要佔有，遠遠的，也能愛妳。△△

漸漸地，在大家的陪伴之下，我復原了，開始又會笑，又會說一些不好笑的笑話。

你問我會不會痛？

當然會！怎麼可能不會痛？只是我要學著淡忘，如果時時刻刻把那種心痛的感覺記在心裡，那我要怎麼走過來？

我常常會想起邱昱軒，只是，他卻不再進入我夢裡了。

我問過我媽，爲什麼我夢不到邱昱軒了？

我媽說邱昱軒一定是過得很好，所以才不會來託夢。

邱爸爸跟邱媽媽的心情也慢慢在恢復中，我媽現在沒事會去邱家坐坐，陪邱媽媽聊聊天。

我有時讀書讀累了，也會散步到邱家找邱爸爸跟邱媽媽，代替邱昱軒陪他們說說話，偶爾還會把我聽到的笑話說給他們聽。

我們都在學習堅強，學習從悲傷中站起來。

雖然大部分時候，我們想到邱昱軒，還是會難過得想哭，但我已經慢慢可以控制住眼淚，不讓它輕易掉下。

邱昱軒，未來的路很難走，可是你說過，只要一步一步慢慢地走，一定可以走到，我相信你說的話，也知道自己一定可以走到你期望我擁有的未來。

我會很努力地小心走著，跌倒了會自己爬起來，流淚了會自己擦乾，脆弱了會自己堅強。

所以，你不要擔心，我知道我可以的。

聯考放榜，我成績出奇地好，以黑馬之姿，躍進了全校前十名。

公布成績後，我開心地跑到邱昱軒家，我要親自把這個消息告訴他。邱昱軒，我已經成功地踏出第一步了，雖然過程眞的很辛苦，可是我熬過來了，你看見了吧？我相信在另一個世界的你，一定也是笑著的。

我家人跟邱爸爸邱媽媽都很開心，他們說要一起帶我去吃飯慶祝。

至於杜靖宇的成績，簡直是要跌破全校老師的眼鏡，他比我還要黑馬，成績居然擠進全校前五十名，是第四十九名耶。

我把杜靖宇送我的小紙鶴全都用針線串起來，串成一個紙鶴風鈴，掛在自己的窗戶邊，風一來時，就可以看見成群紙鶴在風中飛舞。

杜靖宇在考完試後打了幾通電話給我，最後甚至還直接跑到我家來找我。

「你……」我在揚著悠揚旋律的電鈴樂聲中，打開我家大門，看見穿得一身白的杜靖宇，掛著燦爛笑容站在門口。

一時間，我竟然不知道該怎麼反應，急忙用自己的身體去擋住杜靖宇，希望在坐在客廳的爸媽還沒發現他前，快點把他打發走。

萬一我爸等等又開始發揮堅強的父愛，拿菜刀捍衛自己的女兒，那要怎麼辦？

「你是哪位？」我爸充滿嚴父的嚴肅口吻突然從我身後冒出來。完了完了，要打仗了。

「伯父您好。」杜靖宇恭恭敬敬地鞠了個九十度的大躬，直起身子時，正經地把自己的名字介紹一次，接著又自己說是我的同學。

「張詠恩。」我爸用嚴肅的語氣喚我的名字，幾乎要把我嚇出心臟病來。

我轉過身，用好像是自己做錯事的驚恐眼神，偷偷瞄著我爸那張殺氣騰騰的臉。

「妳站在那裡幹嘛？還不快請妳同學進去客廳坐。」下一秒，我爸說出完全出乎我意料之外的話。說完，就馬上走回客廳去，讓我大大地鬆了一口氣。

「妳這麼緊張幹嘛？」杜靖宇靠過來我身邊，壓低音量，悄悄地問我。

「我怕我爸把你宰了，你不知道我爸是火爆浪子嗎？」我也把音量壓低。

「大不了被他趕回家啊，而且他趕的是我，又不是妳，妳緊張什麼？」杜靖宇笑了笑。

後來杜靖宇坐在客廳跟我爸媽慢慢地聊開，倒是我，反倒像個客人似的，始終都正襟危坐，只要我爸一問杜靖宇話，他還沒回答，我就先替他緊張得手心直盜汗。

心頭像有塊石頭壓著一樣，我大氣都不敢喘一口。

「妳剛才那麼緊張做什麼？」杜靖宇回家後，我媽眼睛盯著電視螢幕，卻朝我發出疑問。

「沒有啊。」我回答得很心虛，眼睛也學我媽，定在電視上，卻沒把節目內容看進去。

「這是妳的地盤，妳表現得這麼糟糕，那不是很丟臉嗎？」我媽依然面無表情，我爸剛才已經上樓去了，現在客廳只剩我跟我媽。

我不知道該接什麼話，只好安靜地等待我媽的宣判。

「年紀太小交男朋友不好。」果然我媽又開始說教，我哀怨地先替自己的耳朵哀悼。

媽又接下去：「以後會遇到什麼樣的人，會跟什麼人結婚，誰也不知道，我們不是在阻止你們交往，但這年紀，大家先從朋友做起，妳長大了，很多事要學會對自己負責，那孩子不錯，肯上進又謙卑有禮，但你們畢竟還太小，感情不要一下子放得太多，像朋友一樣，慢慢走下去，才走得長，只要不影響功課，互相砥礪、一起進步，我們就不會干涉太多。」

我眼睛瞬間睜得大大的，不相信自己耳朵聽見的。

但是胸口很快就被膨脹起來的快樂擠壓得有點疼。

「妳爸一向最疼妳，在他眼中，妳始終都是小孩子，他也慢慢在調整自己的心態，有時他可能是個性急了點，所以對妳凶，但那是因爲他擔心妳會吃虧，怕妳會被別人欺負，所以才管妳那麼嚴，妳知道他沒有惡意，都是爲妳好。」

我的眼淚又輕易被喚出來了，其實爸媽對我的愛，我始終都是最清楚的，只是我們總是不懂得該怎麼去表達自己的愛，太急切的結果，往往變成傷害。

也許邱昱軒的猝然離去，以及我前一陣子不吃不喝的異常轉變，讓爸爸有了很深的感觸，就像他那天夜裡在客廳跟媽媽說的那些話一樣，現在他只要我快快樂樂、健健康康就好。

書讀得好不好，是不是第一名，已經不是那麼重要的事了。

後來，我跟杜靖宇說好要上同一所高中，問我爸媽時，他們沒反對，只是叮嚀著我自己要知道的目標在哪裡就好。

夏天來了，又是蟬鳴喧天的季節，亮晃晃的陽光，還是很刺眼。

我跟杜靖宇騎著單車，來到邱昱軒安眠的地方，四周一片綠草如茵。

剛才在街上，我還特地買了一束白玫瑰。

嗨！邱昱軒，我們來看你了，你看我手上的白玫瑰美不美？送給你吧。

你好不好呢？我很好，大家也都很好。

雖然很多時候，都會想起你，可是我已經慢慢在變堅強了，你爸爸跟你媽媽也都很好，我會幫你照顧他們，你不要擔心……

哎唷，你看都是你啦，我就是沒有辦法在你面前偽裝堅強，只要一面對你，我就又會開始想哭，唉，真沒辦法。

吸吸鼻子，我重振旗鼓，在心裡繼續對邱昱軒說話。

哈囉！你看到了吧？我跟杜靖宇都考了很好的成績，我朝你的目標又邁進一步了，你是不是也很開心呢？

邱昱軒，我必須對你坦白，其實我，還是很愛哭！

我知道常常哭很不好，老實說，我也真的很不想哭，但很多時候，只要一想到你，我就又會開始脆弱。你不在，我就是沒有辦法堅強，我也不知道該怎麼辦。

雖然一直強迫自己要獨立點、要開朗點、要勇敢點，但你不在身邊，那些自我期待全都變成口號，可是我真的很努力了，雖然總是在想起你時，就全都功虧一簣……

一切，我都還在學習的階段。

好吧，你要笑就笑吧，反正我從小就是這樣被你笑到大的，早就習慣了。

邱昱軒，我還是很想你，眞的，很想你……

邱昱軒，你聽得見我在呼喚你嗎？

邱昱軒，在我可以輕易擁有你的日子裡，我不懂得珍惜你，總是對你很凶，總是欺負你，現在你離開了，我才知道原來自己居然會這麼想你。

思念如影隨形，我掛念另一個世界的你。

邱昱軒，也許就像你夢裡面對我說的一樣，你，並沒有眞正離開，你一直都在我的心裡面，不曾遠離。

每次孤單得很想哭時，我就會這樣告訴自己，你，始終都在。

始終都在……

▽▽我始終都在妳身邊，晨風的撫觸是我的早安吻，夜風的輕拂是我的晚安吻，永遠守候是我對妳的承諾，不管未來如何，我的左心房始終只讓妳進駐安歇。△△

【全文完】

·後·記·

寂寞的惆悵

十萬字的小說，在畫下句點的那一瞬間，我感覺到的，不是解脫，而是一種更寂寞的惆悵。

好像故事並沒有完結，我的心還流連在情節裡，心有些痛。

這部小說在大約半年前就有架構雛型，然而故事架構只是有一段、沒一段地鬆散飄浮在腦海裡，有時靈感會突然冒出來，但隨即又在下一秒消失，我抓不住翻飛的靈感，只好放任它們像孩子般，忽然闖進我心頭搗搗蛋，又忽然跑掉。

今年七月中旬，有天我在坐公車時，窗外下著雨，國中時的記憶不知道為什麼，突然從模糊變得鮮明深刻，我想起國中那個因為打架，在我雞婆的檢舉後，被訓導主任打得很慘的男生。

杜靖宇的個性就是依他的樣子寫出來的，他是一個很陽光的男生，但太有個性的脾氣讓學校老師很頭痛，他曾經對我說過：「一個人這一生會遇到誰，是早就注定好的，會愛上誰，也是早就決定好的，所以如果兩個人互相喜歡，一定要努力珍惜，因為這樣的巧合太偶然。」

他的話一直到現在，還被我謹記在腦海裡。

相較於杜靖宇，邱昱軒這個角色就只能說是我杜撰出來的人物，但我卻深愛著這類型的男孩子，有人說他太不像國中生，有些話超出那個年紀該有的理解，但我其實在國中時曾遇見過這一類的男生，他不多話，也總會說些超齡的言語，跟那種人說話是很刺激的事，像諜對諜，你的思考模式必須是跳躍式的，不然你會跟不上他將話題轉來轉去的速度。

決定要在故事中提早結束邱昱軒的戲份時，我曾經難過地對著螢幕哭。一來，是我對邱昱軒這個角色投入很多的心力；再來，是我太喜歡邱昱軒的個性。

從來，沒有任何一個故事可以讓我寫到哭，但這部小說，卻破了我的慣例，描寫邱昱軒離開，張詠恩回憶他，在心底不斷地對邱昱軒說話的那一段，我的眼眶始終濕潤。在潺潺淚水中，我才發現原來我已經讓自己整個融入故事情節裡，以致於故事完成時，有部分的自己還陷在劇情裡，沒辦法抽離。

看過這部小說的幾位讀者向我反應，他們很喜歡每篇小說章節末尾的那些簡短字句，像是情人的低喃，不知道有沒有人發現，那些字句湊起來，其實是一段段表白的語彙，是邱昱軒內心深處的感情。他用自喃的方式，向張詠恩一次又一次地表白情感，然而最終，仍是只能無息地結束。

在小說的書寫過程中，我不斷地回憶國中時的自己，那時的我，曾經叛逆過，就像張詠恩一樣，曾為了偷偷談戀愛，而讓自己的功課一直往下掉，以致於後來被爸媽禁足，上下課都被他們專車接送；也曾因為成績考差了，而害怕得不敢回家面對家人；更有多次把自己裹在棉被裡狠狠哭泣的記憶。

國中的青澀歲月裡，在沉重的課業壓力，與一堆這個不行、那個不可以的禁令中，即使有一堆鹹得發苦的淚水，但那段與同儕一起從清晨奮鬥到黃昏的回憶，偶爾湧上心頭，仍能勾起我唇角淺淺的笑容，那種革命情感，是至今我仍能與國中同學時時聯繫的主因。

我用這個故事來紀念我曾經走過的那段路，那個曾經在我生命裡發光發亮的男孩，那些總是把我的世界弄得很吵很熱鬧的國中同學。

故事也許是虛幻的，但記憶卻是永遠真實的。

Sunry

國家圖書館出版品預行編目資料

你在我左心房／Sunry著.-初版.--
台北市　：商周出版；家庭傳媒城邦分公司發行；民93
面：　　公分.　--(網路小說；62)

ISBN 986-124-287-2（平裝）
857.7　　　　93018744

你在我左心房

作　　者／Sunry
責任編輯／陳思帆
主　　編／楊如玉

版　　權／翁靜如
行銷業務／李衍逸、黃崇華
總 經 理／彭之琬
發 行 人／何飛鵬
法律顧問／台英國際商務法律事務所　羅明通律師
出　　版／商周出版
台北市 104 民生東路二段141號9樓
電話：(02)25007008　傳真：(02)25007759
e-mail：bwp.service@cite.com.tw
發　　行／英屬蓋曼群島商家庭傳媒股份有限公司城邦分公司
台北市 104 民生東路二段141號2樓
書虫客服服務專線：02-25007718；25007719
服務時間：週一至週五上午09:30-12:00；下午13:30-17:00
24小時傳真專線：02-25001990；25001991
劃撥帳號：19863813；戶名：書虫股份有限公司
讀者服務信箱：service@readingclub.com.tw
城邦讀書花園：www.cite.com.tw
香港發行所／城邦（香港）出版集團有限公司
香港灣仔駱克道193號東超商業中心1樓
E-mail:hkcite@biznetvigator.com
電話：(852) 25086231　傳真：(852) 25789337
馬新發行所／城邦（馬新）出版集團【Cite (M) Sdn. Bhd.】
41, Jalan Radin Anum, Bandar Baru Sri Petaling,
57000 Kuala Lumpur, Malaysia.
Tel: (603) 90578822　Fax:(603) 90576622
E-mail:cite@cite.com.my

版型設計／小題大作
封面繪圖／文成
封面設計／洪瑞伯
電腦排版／普林特斯資訊有限公司
印　　刷／鴻霖印刷傳媒股份有限公司
經 銷 商／聯合發行股份有限公司　電話：(02)29178022　傳真：(02)29110053
地址：新北市新店區寶橋路235巷6弄6號2樓

■2004年（民93）11月2日初版　　Printed in Taiwan.
■2017年（民106）1月24日初版22刷

定價／180元

ISBN 986-124-287-2